KB075647

사씨남정기

여자의
적은
여자인가?

물음표로
따라가는
인문고전

19

사씨남정기

여자의 적은 여자인가?

글 **강영준** | 그림 **박미화**

🌸 지학사아르볼

여자의 적을
여자로 만드는 것은?

여러분, 삼각관계라는 말 들어 보셨죠? 세 사람의 관계를 가리키는 말인데, 주로 남녀 사이에서 자주 쓰이는 말이죠. 남녀 합해서 세 명이니까 남자든, 여자든 누군가는 짝이 맞지 않겠군요. 당연히 한 사람을 두고 경쟁과 갈등 관계가 만들어질 것이고, 그런 갈등은 꽤 흥미로워서 웬만한 드라마, 소설, 만화에 단골 소재로 쓰이지요. 남들이 티격태격 다투는 것을 보는 재미가 꽤 쏠쏠한 모양입니다.

삼각관계는 요즘에만 이야깃거리인 것은 아닙니다. 옛날 소설에도 삼각관계가 있었죠. 그중 가장 대표적인 작품이 김만중의 《사씨남정기》입니다.

김만중은 조선 제19대 왕 숙종 때 문신으로서 공조 판서, 대제학에 이르기까지 높은 벼슬을 두루 했던 인물입니다. 그런 그가 모함을 받아 귀양을 가게 되었는데, 그곳에서 홀로 계신 어머니를 위해 소설을 쓰기 시작했습니다. 《구운몽》과 《사씨남정기》가 이렇게 지어졌죠.

《사씨남정기》에는 주인공인 사정옥과 그의 남편 유연수, 그리고 유연수의 첩인 교채란이 삼각관계를 이루고 있습니다. 남자는 한 명인데, 여자는 둘이죠. 당연히 여자 둘 사이에 경쟁과 갈등 관계가 생겨나겠지요. 여자의 적이 여자가 되어 버린 셈이에요. 어쩌다 이런 삼각관계가 만들어져서 여자들끼리 갈등이 일어난 것일까요?

소설을 읽어 보면 눈치채겠지만 여자들의 싸움은 여자들의 탓이 아니었습니다. 남성 중심의 사회가 만들어 낸 비극이었죠. 금슬 좋던 사정옥과 유연수 부부가 갑자기 교채란을 첩으로 들였던 까닭은 뭘까요? 일부러 삼각관계를 만들려는 것도 아닐 테고 말이죠.

그것은 바로 대를 이을 사내아이를 낳기 위해서였습니다. 그래야 그 아이가 제사도 지내고 가문도 이어 갈 수 있으니까요. 그러니까 삼각관계는 사내아이를 꼭 낳아야만 했던 사회 구조, 대를 이어야 한다는 남성 중심적 사고가 만들어 낸 비극이었습니다.

그런데 이 소설을 읽어 보면 작가 김만중은 남성 중심 사회에 대해서는 아무런 말이 없습니다. 오히려 김만중은 유연수의 첩, 교채란을 악한 여자로 설정해서 모든 것이 교채란의 개인적인 문제인 것처럼 만들어 버리죠. 교채란처럼 자기 이익을 위해 물불을 가리지 않는 악한 여자 때문에 사정옥처럼 덕이 많은 여자가 고난을 당한다는 것입니다. 따라서 삼각관계는 나쁜 여자만 없애면 해결된다는 식이죠.

그렇다면 우리는《사씨남정기》를 어떻게 읽어야 할까요? 만약 작가의 의도대로 읽는다면, 이 소설의 주제는 여자가 갖춰야 할 도리, 아니면 악행을 저지른 여자가 벌을 받는다는 권선징악적인 주제에 머물 것입니다. 예전에는 이 소설을 대부분 그렇게 읽었습니다.

그러나 우리가 살아가는 세상은 더 이상 남성 중심 사회가 아니고, 그것이 타당하지도 않습니다. 따라서 이 소설은 이제 비판적으로 읽어야 합니다. 교씨가 어쩌다 악한 여자가 되었나? 또는 무엇이 교씨를 악하게 만들었나를 살펴봐야죠. 아니면 여자의 적을 여자로 만든 게 무엇인지를 알아내야 합니다. 이렇게 읽다 보면 이 소설이 어떻게 남성 중심 사회를 강화해 왔는지 이해할 수 있을 것입니다.

현재 우리 사회는 법적으로 남녀가 평등하고, 여성의 사회적 지위도 차츰 나아지고 있습니다. 그러나 여전히 문화적으로는 남성 중심 사회를 은연중에 강화하려는 콘텐츠들이 존재하고 있지요. 아마 가장 대표적인 것이 '악녀 프레임'이지 않을까요?

《사씨남정기》를 읽으며 남성 중심 사회를 강화하는 콘텐츠들이

어떻게 만들어지는지 살펴보고, 그것을 비판적으로 바라보는 시각
을 키운다면 분명 좋은 책 읽기가 될 것입니다.

● 강영준

Part 1 | 고전 소설 속으로

　고전을 아름다운 그림과 함께 담아냈습니다. 원전에 충실하면서도 어려운 단어를 최대한 줄이고 쉽게 풀이하여, 재미난 이야기를 마주하듯 술술 읽을 수 있도록 했습니다.

Part 2 | 물음표로 따라가는 인문학 교실

고전은 오늘의 우리를 비추는 거울이며, '인문학'을 담고 있는 그릇입니다. 이 책은 고전의 재미를 더하고, 우리 고전을 인문학적인 관점에서 바라볼 수 있도록 구성되었습니다.

● 고전으로 인문학 하기

고전 소설을 읽고 나면 머릿속에는 여러 질문들이 떠올라요. 물음표에 대한 답을 따라가 보세요. 배경지식이 쑥쑥 늘어날 거예요.

● 고전으로 토론하기

고전의 내용에 기반한 가상 대화가 이어집니다. '고전으로 토론하기'를 통해 다르게 생각하는 힘을 길러 보세요.

● 고전과 함께 읽기

함께 읽으면 더욱 좋은 문학, 영화, 드라마 등을 소개합니다. 비슷한 주제가 다른 작품에서는 어떻게 표현되었는지 살펴보고 생각의 폭을 넓히세요.

차
례

Part 1 | 고전 소설 속으로

Part 2 | 물음표로 따라가는 인문학 교실

고전 소설 속으로

우리 고전 소설의
재미와 **감동**을
오롯이 느껴 봅시다.

●

사씨는 유씨 문중에 시집온 후로 시아버지를 효성으로 받들고
집안 식구들과 하인들에게도 인정을 베풀었다. 몸소 예의에 맞게 행동하고
법도 있게 집안을 다스려 화목하고 평화로웠다.

●

어질고 현명한 **사정옥,**
뛰어난 군자 **유연수와 혼인**하다

　중국 명나라 세종 때에 유희라는 사람이 북경에 살고 있었다. 그는 개국 공신 유기의 후손으로 어릴 때부터 글과 인물이 뛰어났다. 소년 시절에 과거에 급제한 후 벼슬이 예부상서에 이르렀고, 문장과 덕망이 높아서 세상 사람들의 존경을 받았다.

　그 무렵 조정은 승상 엄숭과 그를 따르는 간신배들이 권력을 휘두르고 있었다. 유희는 그들과는 뜻이 맞지 않아 병을 핑계로 벼슬에서 물러나길 바라는 상소를 올렸고, 황제가 이를 허락하여 부인 최씨와 세월을 보내고 있었다. 비록 나랏일을 직접 살피지는 않았지만 당시 사대부들 모두가 그의 덕을 숭상하여 우러러보지 않는 사람이 없었다.

유희에게는 누이가 하나 있었다. 두씨 집안으로 시집을 갔다가 남편을 잃고 돌아온 누이였다. 유희는 홀로된 누이를 불쌍히 여겼고 서로가 우애하는 정은 나날이 두터워졌다.

그런데 유희에게는 한 가지 걱정이 있었다. 다 늦도록 자식을 두지 못한 것이었다. 그러던 중 나이 마흔이 된 뒤에 비로소 아들 연수를 얻었다. 하지만 연수가 채 걸음마를 떼기도 전에 부인 최씨가 시름시름 앓더니 그만 세상을 떠나고 말았다. 아내를 잃은 슬픔은 이루 말할 수가 없었다. 다행히 누이인 두 부인이 곁에 있어서 어린 연수를 돌볼 수가 있었다.

연수는 아주 잘 자랐다. 열 살이 되자 얼굴이 옥처럼 귀하게 보였고, 글솜씨가 뛰어나 한번 붓을 잡으면 곧바로 천 자가 넘는 글을 지을 수 있었다. 유희는 연수를 보고 매우 기특하게 여기면서도 잘 자란 아들을 보지 못하고 죽은 아내를 생각하며 안타까워했다.

연수는 나이 열다섯에 과거에 급제했다. 시험관이 처음에는 연수의 글이 뛰어나다고 여겨 일등으로 올렸으나, 연수가 나이 어린 것을 꺼려서 삼등으로 내렸다. 황제가 연수를 크게 칭찬하며 한림학사라는 벼슬을 내렸는데, 그 즉시 성 안팎에 이름이 퍼져서 어느 누구도 감히 바라볼 수조차 없었다.

하지만 연수는 아직 나이가 어렸기에 벼슬에서 물러나기를 바란다는 상소를 올렸다.

"신의 나이가 아직 스물이 되지 않았으며 배운 것도 매우 적습니다. 십 년을 기한으로 두고 학문을 닦은 뒤 벼슬길에 나아가고 싶습니다. 이는 신의 지극한 바람이옵니다."

황제는 그 뜻을 갸륵하게 여겨 오 년의 시간을 허락하였다. 이에 유희는 아들 연수에게 충과 의로써 황제의 성은을 갚을 수 있도록 노력하라고 당부하였다.

연수가 과거에 급제하자 청혼하는 자가 매우 많았다. 하지만 혼인을 허락할 만한 곳이 없었다. 하루는 유희가 누이 두 부인과 함께 매파*를 모두 불러서 어진 이가 있는지 물어보았다. 여러 매파들이 앞을 다투어 혼처를 내놓았지만 서로 헐뜯기에 바빠서 공정하게 듣는 것이 어려웠다. 이때 주씨 성을 가진 한 매파가 다른 매파들이 말을 마치기를 기다렸다가 앞으로 나와 말하기 시작했다.

"여러 사람이 자기 의견대로 중매하기를 바라니 공정하지 않습니다. 제가 한 말씀 올리겠으니 잘 판단해 주소서. 상공께서 부귀를 원하신다면 엄 승상 댁 손녀만 한 이가 없고, 어질고 현명한 처자를 구하신다면 신성현의 사 급사 댁 따님만 한 이가 없습니다. 나리께서는 이 둘 가운데 고르십시오."

유희가 말하였다.

---

* **매파** 혼인을 중매하는 할멈.

"본래 나는 부귀를 바라지 않는다. 어질고 현명한 사람이라면 더 바랄 것이 없겠다. 그러고 보니 신성의 사 급사라면 직간*을 하다가 귀양 가서 죽은 사람이니 진실로 강직한 사람이다. 이 사람의 높은 명성과 절개는 세상의 으뜸이니, 이 집과 혼인하는 것이 마땅하겠네. 다만 그 딸은 현명한지 알 수가 없구나."

"제 사촌 동생이 사 급사 댁의 하녀로 처자의 유모이기도 합니다. 저는 그 처자가 현명하다고 늘 들어 왔으며, 직접 뵙기까지 했습니다. 그때 처자의 나이가 열셋이었는데 이미 덕을 갖추었고 선녀가 내려온 듯했습니다. 경전도 이미 두루 보았고 글솜씨도 뛰어나니 아무리 재주 있는 이라도 미치기 어려울 것입니다."

이때 함께 있던 두 부인이 이 말을 듣고 얼마간 생각에 잠겼다가 매파를 바라보며 갑자기 말을 꺼냈다.

"내가 가끔씩 들르는 우화암이라는 암자가 있네. 그곳에 여승 묘혜가 있는데, 수행을 많이 하고 안목도 두루 갖춘 사람이지. 그런데 사오 년 전에 나에게 '신성현의 사 급사 댁에 처자가 하나 있는데, 보기 드문 사람'이라고 한 적이 있었네. 훗날 있을 연수의 혼인 때문에 주의해서 들었지. 지금 자네의 말을 들으니 과연 그 처자의 현명함을 알겠네."

---

* **직간** 임금이나 웃어른에게 잘못된 일을 고치도록 직접 말함.

유희가 말했다.

"누이가 들은 말과 매파가 본 것이 있으니 사 급사 댁 딸이 반드시 현명한 사람일 것이야. 하지만 혼인은 큰일이라 소홀히 결정할 수는 없으니 어떻게 해야 정확하게 알 수 있을까?"

또다시 두 부인이 말을 이었다.

"제게 계책이 하나 있습니다. 예부터 사람의 덕이란 글씨에 나타나는 것이라 하였지요. 마침 제게 귀한 남해 관음상이 있습니다. 우화암의 묘혜 스님에게 보내려 한 지가 오래되었지요. 이제 묘혜 스님에게 그 그림을 주고 사 급사 딸의 관음찬*을 받아 오게 하면 어떨까요? 그녀의 글씨를 보고 재주가 뛰어난지 아닌지 알 수도 있고, 묘혜 스님이 직접 볼 것이니 더욱 좋지 않겠습니까?"

유희도 웃으며 두 부인의 의견을 받아들였다.

두 부인은 우화암에 사람을 보내 묘혜 스님에게 남해 관음상을 주고 사 급사 댁에 가도록 부탁했다. 두 부인의 부탁을 받은 묘혜 스님은 사 급사의 집에 갔다. 사 급사의 부인도 평소에 불법을 좋아하여 전부터 묘혜 스님과 잘 알고 지내던 사이였다. 부인이 반갑게 묘혜 스님을 맞이했다.

"오랫동안 못 보아서 소식이 궁금했는데 오늘은 무슨 일로 이곳

---

* **관음찬** 관세음보살의 공덕을 찬양하여 부르는 노래 글귀.

까지 오시었소?"

"요즘 소승이 머물고 있는 암자가 낡아서 새롭게 고치느라 오랫동안 부인께 인사를 드리지 못했습니다. 이제 막 암자를 다 고쳤기에 부인께 시주*를 간청드리고자 뵙기를 청했습니다."

"그렇구려. 내가 어찌 시주를 아끼겠소. 그러나 보다시피 우리 집 형편이 이렇게 가난하니 큰 시주는 어렵겠소. 혹시 구하는 것이 무엇이오?"

"소승이 구하는 것은 돈이 드는 일은 아닙니다. 그러나 제가 바라는 것을 얻는다면 그것은 금은보화보다도 더 값진 것입니다."

"대체 그게 무엇이란 말이오?"

"소승이 암자를 고친 후에 어떤 집안에서 귀한 관음 화상*을 시주받았습니다. 그런데 거기에 시가 없는 것이 큰 흠입니다. 만약 따님께서 시를 한 수 지어 친히 써 주신다면 영원토록 보배가 될 것이니 따님도 큰 복을 받으실 것입니다."

"딸아이가 글을 좀 읽었으나 그렇게 어려운 글을 지을 수 있을지 모르겠소. 한번 불러서 물어나 봅시다."

부인이 딸을 부르니 소저*가 곧이어 자리를 함께했다. 그런데

---

* **시주** 불교에서, 남을 돕는 마음으로 조건 없이 절이나 스님에게 돈이나 밥 등을 주는 일.
* **화상** 사람의 얼굴을 그림으로 그린 모습.

그 모습이 마치 관음보살이 하늘에서 내려온 것처럼 고귀해 보였다. 묘혜 스님은 합장하고 절을 한 뒤 물었다.

"소승이 사오 년 전에 소저를 뵈었는데 혹시 기억하시는지요?"

"어찌 잊을 수 있겠습니까?"

부인이 딸에게 물었다.

"스님이 너에게 관음 화상에 어울릴 시를 받으러 이렇게 먼 길을 오셨구나. 시를 지을 수 있겠느냐?"

소저가 웃으며 대답했다.

"부족한 재주로 어찌 시를 지을 수가 있겠습니까? 하물며 예부터 여자가 글을 쓰는 것은 경계해 왔던 일입니다. 그러니 아무리 스님의 부탁이라도 들어드릴 수 없을 듯합니다."

"그렇지 않습니다. 소승이 구하는 것은 관음보살의 공덕을 찬양하는 글입니다. 게다가 관음보살은 여자의 몸이니 여자의 글을 받는 것이 마땅하다고 생각합니다. 지금 이 고을에서 소저를 제외하고 누가 능히 이런 시를 지을 수 있겠습니까? 바라건대, 소저께서는 관음보살의 얼굴을 봐서라도 사양하지 말아 주세요."

묘혜 스님이 간곡하게 다시 부탁하였다. 그러자 부인도 거들며 말했다.

* **소저** '아가씨'를 한문 투로 이르는 말.

"네가 만일 시를 지을 수 있다면 그 또한 좋은 시주가 될 것이니, 한번 지어 보는 게 어떻겠느냐?"

그러자 소저가 묘혜 스님에게 말하였다.

"저는 공자와 맹자가 이룩한 유학의 글을 배워서 불교의 글은 알지 못합니다. 짓는다 해도 스님의 마음에 들지 않을 것입니다."

"제가 듣기로 연잎과 연꽃은 서로 색깔이 다르지만 그 뿌리는 하나이며, 공자와 석가모니가 도를 달리하지만 근본은 하나라고 들었습니다. 비록 소저가 불법을 배우지는 않았지만 유학의 말씀으로 관음보살의 덕을 칭송하신다면 더욱 빛날 것입니다."

이처럼 간곡하게 묘혜 스님이 부탁하자 마침내 소저는 손을 씻고 향을 피운 뒤에 관음찬을 쓰기 시작하였다.

소저는 글 끝에 '모년 모월 모일에 사씨 정옥이 두 번 절하고 씀'이라고 덧붙였다. 묘혜 스님은 마음속으로 탄복하며 부인과 소저에게 감사 인사를 드린 후 돌아왔다.

그때 유희와 두 부인은 묘혜 스님이 돌아오기만을 애타게 기다리고 있었다.

"그래, 사 급사 댁 딸의 모습과 재주가 과연 어떠했습니까?"

"족자 속에 그려진 관음보살과 같았사옵니다."

묘혜 스님은 사 급사 댁 딸을 만난 일을 자세히 이야기하였다. 유희와 두 부인은 기뻐서 어쩔 줄을 몰랐다. 곧바로 족자를 걸고 사 소저가 썼던 글과 글씨를 바라보았다. 과연 어느 곳 하나 흠잡을 데 없이 뛰어났다. 글을 쓴 사람의 부드러운 인품마저 느껴질 정도였다.

유희는 그동안 예부터 지어진 관음찬을 두루 봐 왔지만 사 소저가 지은 관음찬만큼 뛰어난 글을 보지는 못했다. 유희는 곧장 아들 연수를 불러 시를 보여 주었다. 아들 연수도 글을 보고 마음속으로 기뻐했다.

이때 묘혜 스님이 두 부인께 인사하며 말했다.

"제가 처음에는 이곳에 머물면서 사 소저와 혼인하는 것까지 보고자 했습니다. 그런데 남악에 계신 스승님께서 편지를 보내서 '속세는 어지러운 곳이니 오래 머물러선 안 될 것이다. 모름지기 어서 내려와 전에 배우던 공부를 마저 익히도록 하라.' 하시어 내일 남쪽으로 떠나고자 합니다. 바라건대, 관음 화상을 절에 맡겨 주시면 제가 아침저녁으로 분향하며 예배를 드리겠습니다."

"스님께서 도를 배우려고 먼 길을 간다니 섭섭하지만 어찌 말릴 수 있겠소. 관음 화상은 오래전부터 스님 있는 곳에 보내려던 것이니 모셔 가는 게 좋겠소."

묘혜 스님은 유희와 두 부인께 감사를 전하고 떠났다. 스님이 떠나자 유희는 곧바로 매파를 불러 사씨 집으로 보냈다. 매파는 사 부인에게 문안을 올린 후에 자신이 찾아온 까닭을 말했다.

"유 상공께서 귀댁의 따님이 아름답고 덕을 갖춘 것을 아시고 혼인을 청하고자 하십니다. 유 상공 가문은 대대로 부귀하며, 아드님인 유연수는 소년으로 과거에 급제하여 벼슬이 한림학사에 이르렀고 풍채와 재주, 덕성을 고루 갖추었습니다. 댁의 따님과는 천생연분인 줄 아옵니다."

부인은 크게 기뻐하며 직접 딸의 방으로 가서 매파가 온 뜻을 자세히 전하였다.

"나는 매우 마땅하다고 생각하는데 네 뜻이 어떤지 모르겠구나. 네 뜻을 숨기지 말고 말해 보거라."

"제가 듣기로 유 상공은 어진 재상이니 그 집과 혼인하지 못할 까닭이 없지요. 그런데 매파의 말을 들으니 의심하지 않을 수 없습니다. 소녀가 듣기에 군자는 덕을 숭상하고 외모를 하찮게 여긴다고 했습니다. 그런데 지금 매파는 소녀의 외모를 먼저 칭찬하였습니다. 소녀는 이것이 부끄럽기만 합니다. 더구나 유씨 집안의 권세를 칭송하면서 돌아가신 아버님의 맑은 덕을 칭찬하는 말은 한마디도 없었습니다. 아무래도 유 상공이 어질다는 명성은 헛된 소문일 것이니 소녀는 그 집에 들어가고 싶지 않습니다."

사 부인은 평소 딸을 매우 기특하게 여기고 사랑했으므로 딸의 의견을 억지로 꺾지는 않았다. 매파는 청혼이 성사되지 못했음을 유희에게 아뢰었다.

청혼이 거절되자 유희는 섭섭한 마음을 달랠 수가 없었다. 곰곰이 헤아려 보니 아무래도 뭔가 이상했다. 유희는 매파에게 사씨 집에서 있었던 일을 빠짐없이 그대로 말하라고 하였다. 매파의 말을 듣고 나자 유희는 웃으며 말했다.

"내가 제대로 말을 전하지 않아서 의심을 하게 했구나."

다음 날 날이 밝자 유희는 사 급사 댁이 있는 신성현으로 직접 찾아갔다. 신성현의 현령은 유희를 반갑게 맞이했다.

유희는 현령에게 부탁했다.

"제가 사씨 댁에 덕을 갖춘 처자가 있다고 하여 일찍이 매파를 보내서 구혼의 뜻을 전했는데 혼인을 할 수 없다고 하였습니다. 아마도 매파가 제 뜻을 제대로 전달하지 못한 까닭일 것입니다. 바라건대 현령께서 제 뜻을 자세하게 전달해서 제 자식과 사씨 댁 처자의 혼인이 이루어질 수 있도록 도와주십시오. 가서 다른 말씀은 마시고 사 급사의 맑은 덕을 흠모하여 청혼하노라 전해 주시면 반드시 허락할 것입니다."

사씨 집에 당도한 현령은 유희가 시킨 대로 그대로 전하였다. 그러자 사 부인과 딸도 마침내 흔쾌히 혼인을 받아들였다.

혼인날이 다가왔다. 두 집안에서는 큰 잔치를 베풀고 식을 올렸다. 얌전한 처자와 뛰어난 군자가 짝이어서 사람들이 입을 모아서 칭찬하였다. 자식이 혼인을 하는 좋은 날이었지만 유희는 먼저 떠난 죽은 아내를 생각하며 슬퍼하였다. 사 부인도 사위를 얻어 기뻤으나 남편과 기쁨을 나누지 못한 안타까움에 눈물을 떨구었다.

유희가 며느리 사씨에게 거울과 옥가락지 한 쌍을 선물하며 말하였다.

"이것들은 우리 집의 오랜 유물이다. 며느리가 거울처럼 밝고 옥처럼 부드러운 덕이 있어서 특별히 상으로 내리는 것이니 항상 그 마음을 변치 않도록 해라."

신부 사씨는 일어나 절하고 받았다. 사씨는 유씨 문중에 시집온 후로 시아버지를 효성으로 받들고 집안 식구들과 하인들에게도 인정을 베풀었다. 몸소 예의에 맞게 행동하고 법도 있게 집안을 다스려 화목하고 평화로웠다.

어느덧 봄, 여름이 수차례 지나갔다. 갑자기 유희가 몸져누웠다. 유 한

림 부부는 밤낮으로 곁을 지키며 유희를 간호하였다. 그러나 좀처럼 나아지는 기미가 보이지 않았다.

유희가 누이인 두 부인의 손을 잡고 말하였다.

"아무래도 나는 더 살기가 힘들 것 같네. 내가 죽더라도 너무 슬퍼하지 말고 부디 몸을 잘 돌보시게. 또한 집안일이 잘못되지 않도록 잘 살펴 주시게."

유희는 아들인 유 한림을 붙잡고 깊은 숨을 내쉬며 말했다.

"공손히 제사를 받들고 충효를 다하고 학문에 힘써야 한다. 또한 고모의 말을 내 가르침으로 여기고 무슨 일이든 반드시 부부가 함께 의논해서 결정해라. 며느리의 효행과 식견*이 뛰어나니 분명히 너를 항상 올바른 길로 인도할 것이다. 알겠느냐?"

또 사씨를 불러 말하였다.

"네가 하는 일마다 항상 마음으로 고맙게 여긴 지가 오래다. 이제 영영 이별하게 되었으니 따로 할 말은 없고 다만 잘 지내기를 바랄 뿐이구나."

세 사람은 눈물을 흘리며 말씀을 받들었다. 이날 밤 유희는 끝내 세상을 뜨고 말았다. 한림 부부는 하늘을 우러러 통곡하였다. 그 슬퍼하는 모습에 감동하지 않는 이가 없었다.

---

* **식견** 학식과 견문이라는 뜻으로, 사물을 분별할 수 있는 능력을 이르는 말.

•

이왕에 첩을 둘 바에는 성품이 순박하고 모습이 평범한 사람을 구해야 했네.

부질없이 예쁘기만 하고 성품이 좋아 보이지 않으니

자네에게나 유씨 가문에게나 화를 끼칠까 걱정이네.

•

아름답지만 악한 교씨를 첩으로 들이다

세월은 흐르는 물과 같아서 어느덧 삼 년이 지났다. 아버지의 삼년상을 마친 유 한림은 드디어 조정에 나갔다. 한림은 늘 몸가짐을 반듯하게 하고 소인배들과는 어울리지 않았고, 옳고 그름이 분명하였다. 황제는 한림을 총애하여 벼슬을 높이려 했지만 그때마다 엄 승상이 반대하였다. 권세가들이 그를 미워하여 한림의 벼슬은 여러 해 동안 바뀌지 않았다.

어느덧 한림 부부가 결혼한 지 십 년 가까이 흘렀다. 하지만 여전히 자식이 없었다. 사씨는 이를 몹시 걱정하며 마음을 끓였다. 하루는 사씨가 한림에게 첩을 들이라고 권하였지만 한림은 아내의 말이 진심이 아니라고 여겨 받아들이지 않았다. 그러나 사씨는 몰래 매파를 불러 양갓집 여자 중 자식을 낳을 만한 이를 알아보았다.

두 부인이 이 사실을 알고 깜짝 놀라 사씨에게 와서 말했다.

"듣기에 자네가 한림에게 첩을 들이라고 했다는데 정말인가? 첩을 들이는 것은 화를 불러들이는 일이네. 자네는 왜 스스로 화를 불러들이려는 것인가?"

사씨가 말하였다.

"제가 이 집안에 들어온 지 이미 십 년 가까이 흘렀습니다. 그런데 아직 아들도 딸도 없습니다. 옛 법도에 따른다면 저는 쫓겨나더라도 아무 말 못 할 처지이옵니다. 그러니 어찌 첩을 둔다고 꺼리겠습니까?"

"자식을 낳는 것은 하늘이 정하는 일이니 사람의 힘으로는 어찌할 수 없네. 자네는 아직 젊은 나이인데 어찌 이토록 지나치게 염려하는가?"

두 부인은 이런저런 이유로 첩을 들이는 것을 말렸다. 하지만 사씨는 뜻을 굽히지 않았다. 두 부인은 더 이상 사씨를 말릴 수 없다는 것을 알고 탄식하며 말했다.

"새로 들어올 사람이 어진 여자라면 좋겠지만, 그렇지 않다면 집안이 어지러워질 것이네. 훗날 자네가 내 말을 떠올릴 걸세."

다음 날 한 매파가 사씨에게 아뢰었다.

"한 여자가 있는데 부인께서 구하시는 것보다 조금 더 넘치는 듯합니다."

"무슨 뜻인가?"

"부인은 어질고 아이를 잘 낳을 수 있는 여자면 된다고 하셨는데 이 여자는 행동과 재주가 뛰어나고 빼어난 아름다움을 지녀서 부인의 뜻에 맞지 않을까 걱정입니다."

사씨가 웃으며 말했다.

"그대가 나를 놀리는가? 자세히 말해 보시게."

"그 여자는 하간 땅 사람으로 성은 교요, 이름은 채란이라고 합니다. 본래 벼슬하던 집안의 딸이었지만 어려서 부모를 여의고 그 형의 집에 얹혀사는데 나이는 열여섯이라고 합니다. 부인께서 교씨의 빼어난 미모가 신경 쓰이지 않으신다면 첩으로는 이보다 더한 이는 없을 줄 아옵니다."

사씨가 크게 웃으며 말했다.

"벼슬하던 이의 딸이라 그 인품이 천한 사람들과는 다를 것이니 내 뜻에 아주 합당하구나. 내가 상공께 말씀을 드려야겠다."

이때부터 사씨는 한림에게 교채란을 첩으로 들일 것을 계속해서 청하였다. 한사코 사양을 하던 한림도 결국에는 마지못해 승낙하였다.

"첩을 두는 것이 급한 일은 아닙니다. 하지만 부인의 아름다운 뜻을 저버리는 것도 좋은 일은 아니겠지요. 교씨 여인이 아름답고 어질다면 좋은 날을 택해서 데려오는 것이 좋겠습니다."

사씨는 즉시 매파를 보내 뜻을 전하고 좋은 날을 가려 친척들을 불러 모아 교씨를 맞이했다. 교씨는 해당화가 이슬을 머금은 채 바람결에 떨리는 것처럼 아름다웠다. 사람들은 한결같이 교씨의 아름다움을 칭찬하였고 한림과 사씨도 무척 기뻐하였다. 단, 두 부인만은 기뻐하지 않았다.

이날 밤 한림이 교씨를 데리고 별당에 머무르니, 두 부인이 사씨를 불러 조용히 말했다.

"자네가 이왕에 첩을 둘 바에는 성품이 순박하고 모습이 평범한 사람을 구해야 했네. 어찌 저런 미인을 데려왔는가? 부질없이 예쁘기만 하고 성품이 좋아 보이지 않으니 자네에게나 유씨 가문에게나 화를 끼칠까 걱정이네."

한림은 교씨가 거처하는 곳을 백자당(百子堂)이라고 이름 지었다. 자식을 많이 낳으라는 뜻이었다. 그리고 여종 납매에게 교씨를 시중들게 했다. 교씨는 총명하여 한림의 뜻을 받들고 사씨를 마음을 다해서 섬겼다. 집안의 모든 사람들이 기뻐하며 교씨를 교 낭자라고 불렀다.

집안에 들어온 지 채 반년도 지나지 않아서 교씨에게 태기가 있었다. 한림과 사씨는 모두 크게 기뻐하였다. 하지만 교씨는 행여 사내아이를 낳지 못할까 걱정하였다. 그래서 점쟁이를 불러 점을

쳤다. 어떤 이는 딸이라 하고, 또 어떤 이는 아들이지만 오래 살지 못할 거라고 하자, 교씨는 크게 근심하였다.

하루는 여종 납매가 이십랑이라는 여자를 데리고 왔다. 배 속에 있는 아이가 아들인지, 딸인지 알아낼 수 있는 여인이었다. 이십랑이 교씨의 맥을 짚고 천천히 고개를 저으며 말했다.

"맥을 짚으니 분명히 여자아이입니다."

교씨는 안타까움과 답답함을 이기지 못하고 말했다.

"상공께서 나를 첩으로 삼은 것은 아들을 얻기 위함이다. 딸이라니, 차라리 낳지 않느니만 못하겠다."

그러자 이십랑이 은밀하게 말했다.

"일찍이 제가 배 속에 든 여자아이를 남자아이로 바꾸는 술법을 배웠지요. 그 뒤로 여러 사람에게 시험하여 맞지 않은 적이 없으니, 만약 아들을 원하신다면 그 술법을 시험해 보지 않으시겠습니까?"

교씨가 크게 기뻐하며 말했다.

"진짜 말한 대로 된다면 내 너에게 큰 상을 내릴 것이다."

이십랑은 부적을 써서 교씨의 잠자리 이곳저곳에 감추어 두고 말했다.

"그럼, 아들을 낳으시기를 기다렸다가 와서 뵙겠습니다."

열 달을 채우고 과연 교씨가 아들을 낳았다. 얼굴이 옥처럼 깨끗하고 골격이 튼튼한 아기였다. 한림과 사씨는 매우 기뻐했고 집안의 하인들까지도 기뻐하였다. 한림은 손안의 구슬이라는 뜻으로 아이의 이름을 장주라고 지었다. 사씨도 장주를 보배 다루듯이 사랑하여 누가 그 아이를 낳았는지 알지 못할 정도였다.

어느 봄날이었다. 온갖 꽃들이 수를 놓은 듯이 아름답게 피어 있었다. 사씨가 책을 읽는데 몸종 춘방이 와서 말하였다.

"화원의 작은 정자 앞에 모란이 활짝 피었습니다. 마님, 한번 구경해 보시는 게 어떨까요?"

사씨는 책을 덮고 몸종과 함께 화원으로 갔다. 버드나무 이파리가 정자의 난간에 드리우고 꽃향기가 은은하게 옷 속에 스며들었

다. 마치 신선이 사는 것처럼 아름다운 경관이었다. 사씨는 몸종에게 차를 끓이게 하고 교씨를 부르려 하였다. 그런데 그때 문득 바람결에 거문고 가락이 실려 왔다. 그 소리가 그윽하고 처량하여 마치 진주가 옥쟁반에 구르는 것 같아 듣는 사람의 마음을 간절하게 했다.

"이상하구나. 누가 거문고를 타는 것이냐?"

"교 낭자의 솜씨인 듯하옵니다."

"그래? 교 낭자가 거문고를 탄다는 소리를 한 번도 듣지 못했는데, 그럴 리가 있느냐? 어서 가서 소리 나는 곳을 찾아서 자세히 알아 오너라."

"교 낭자는 항상 안채와 멀리 떨어진 백자당에 머물러서 부인께서 들으실 수 없었을 것입니다. 교 낭자는 거문고를 매우 사랑하여 한가할 때면 종종 곡조를 타옵니다."

이때에 교씨는 오직 한림의 사랑을 독차지할 생각뿐이었다. 때마침 이십랑이 거문고와 노래로 남자의 마음을 유혹할 수 있다고 귀띔하자 그때부터 줄곧 연습하여 눈에 띄게 솜씨가 늘었다. 이런 까닭으로 한림도 교씨의 거문고 연주를 즐겨 왔다.

사씨는 묵묵히 거문고 소리를 끝까지 듣더니 머리를 숙여 조용히 생각하다가 춘방에게 교씨를 부르라 일렀다. 교씨가 명을 받들고 사씨를 찾았다. 사씨는 교씨를 앉히고 함께 꽃을 감상하고 차를 마시며 말했다.

"낭자의 거문고 소리가 참으로 뛰어나구려. 그런데 자네와 나는 형제나 다름없으니 한마디만 하고자 하네."

"부인께서 가르침을 주신다면 큰 행운일 것입니다."

"자네가 연주한 거문고 곡조는 소리가 애절해서 사람의 마음을 움직일 수는 있어도 평화롭고 온화하게 해 주지는 않는다네. 그리고 집안의 여인네가 음률을 하고 노래로 날을 보내면 집안의 법도가 어지러워지는 것일세. 낭자는 깊이 생각하여 앞으로는 이런 일이 없도록 해야겠네. 내 말을 너무 서운하게 생각하지는 마시게."

교씨는 사씨의 말을 듣고서 부끄러움을 견딜 수가 없었다.

"촌구석의 여자가 그저 다른 사람들이 부르는 것에 마음을 빼앗겨 옳고 그름을 깨닫지 못했습니다. 이제 부인의 말씀을 듣고 깨달았으니 뼈에 새겨 잊지 않겠습니다."

사씨는 교씨가 부끄러워하는 것을 보며 말했다.

"내가 낭자를 아끼고 사랑하는 마음에 감히 이런 말을 한 것이네. 만약 다른 사람이었다면 어찌 말했겠나? 그리고 앞으로 내게도 부족한 것이 있다면 낭자도 나를 깨우쳐 주시게나."

사씨와 교씨는 차를 마시며 오랫동안 이야기를 나누다가 늦게야 헤어졌다.

그날 저녁 한림이 궐을 나와 백자당으로 건너왔다. 달빛이 대낮처럼 밝고 꽃 그림자가 창에 가득하여 저절로 흥이 올라왔다. 한림은 교씨에게 노래 부를 것을 청하였다. 그러자 교씨가 사양하며 말했다.

"찬 바람에 몸이 상하여 노래를 부를 수가 없습니다."

"그러면 거문고 한 곡을 타게나."

하지만 교씨는 거문고를 타는 대신 눈물을 흘렸다. 한림이 이상하게 여겨 그 까닭을 물었다.

"첩이 노래를 부르고 거문고를 연주하는 것은 상공께서 한 번이라도 웃으시도록 하기 위해서였습니다. 그런데 오늘 아침 부인이 첩을 불러 꾸짖기를 음란하고 바르지 못한 음악으로 장부의 마음을 어지럽히는 것은 집안을 어지럽히는 일이라고 하셨습니다. 앞으로 이를 고치지 않는다면 손발을 끊어 내는 도끼와 벙어리를 만드는 약도 있으니 반드시 조심하라고 엄하게 꾸짖으셨어요. 저는 오늘 죽는다 해도 한이 없지만 저 때문에 상공께서 웃음거리가 될까 봐 두렵습니다."

한림이 이 말을 듣고 크게 놀라 생각했다.

'사씨는 항상 질투나 시기를 하지 않는다고 하였다. 사씨가 교씨를 예로 대하며 흠을 잡는 일이 없었기에 도무지 믿을 수가 없군. 혹시 사소한 일을 가지고 교씨가 부풀려 말하는 것은 아닐까?'

한림은 교씨를 다독이며 말했다.

"내가 자네를 데려온 것은 모두 부인이 권해서였네. 그리고 부인이 자네를 나쁘게 말한 것을 지금껏 듣지 못하였네. 아무래도 하인들이 없는 일을 꾸며서 말한 것을 두고 한순간 화를 참지 못하고 말했을 것이네. 자네에게 해를 끼치려고 했던 말은 아닐 것이야. 그러니 부질없이 염려하지 말고 마음 놓고 지내도록 하게."

교씨는 한림이 사씨의 편을 드는 것이 실망스러웠다. 그리고 사씨를 미워하는 마음이 독하게 자라나고 있었다.

그러던 어느 날 교씨의 여종 납매가 허겁지겁 백자당으로 뛰어들어왔다.

"아씨, 사씨 부인께 태기가 있다고 합니다."

교씨가 크게 놀라 말했다.

"뭐야? 결혼한 지 십 년이나 지나서 아이를 갖다니 참으로 희한한 일이군. 그나저나 사씨가 아들을 낳는다면 난 뭐가 되는 거지? 그때부터 난 아무짝에도 쓸모없는 여자가 되고 말겠군. 이를 어찌하면 좋을까?"

다섯 달이 지나자 사씨의 배가 불러 왔고 태기가 확실하였다. 온 집안은 기뻐하였으나 교씨의 근심도 그만큼 커져 갔다. 교씨는 납매와 짜고 사씨의 음식에 낙태시키는 약을 탔다. 하지만 사씨는 약이 들어간 음식만 먹으면 속이 거슬려 토해 냈다.

마침내 열 달이 지나자 사씨가 아들을 낳았다. 한눈에 봐도 골격이 장대하였다. 한림이 크게 기뻐하여 인아라고 이름을 지었다.

인아가 점점 자라나 형인 장주와 함께 어울렸다. 비록 나이는 어리지만 인아는 장주보다 훨씬 씩씩해 보였다.

하루는 집에 돌아온 한림이 두 아이가 놀고 있는 것을 지켜보고는 인아를 안아 올리며 말했다.

"이 아이 이마 위에 뼈가 솟은 것이 돌아가신 아버님과 비슷하니 반드시 우리 가문을 빛나게 할 것이다."

이것을 들은 장주의 유모는 교씨에게 달려가 통곡하며 말했다.

"상공께서 인아만 안아 주시고, 장주는 보고도 못 본 것처럼 하시더이다."

교씨는 애가 타서 혼잣말을 했다.

"내가 용모와 자질이 사씨보다 못하다. 게다가 사씨는 정실*이고 나는 첩일 뿐이다. 그동안 내게 아들이 있어서 사랑을 받았지만 이제 사씨도 아들을 낳았으니 장차 그 아이가 이 집의 주인이 될 거야. 아, 이제 내 아이는 어디에 쓰겠어? 지금은 사씨가 사랑을 베풀어 주지만 만약에 마음이 변한다면 우리 모자는 어떻게 될지 알 수가 없다."

교씨는 이십랑을 불러들였다. 교씨의 이야기를 듣더니 이십랑

---

* **정실** '본처'를 달리 이르는 말. 원래 본처가 주로 거처하는 공간을 뜻하는 말에서 유래한다.

은 고개를 끄덕였다. 그녀는 앞으로 때를 보아 좋은 방법을 일러 주겠다고 말한 뒤 돌아갔다.

하루는 한림이 궁궐 일을 마치고 집으로 돌아왔다. 마침 평소 잘 알고 지내던 석 낭중이라는 관리가 한림에게 동청이라는 자를 소개하는 편지를 보내왔다.

상공께 사람을 소개해 드리고자 편지를 올립니다. 소주 사람으로 이름은 동청이라고 합니다. 이 사람은 재주가 뛰어나지만 운이 닿지 않아 과거에 급제하지 못했습니다. 부모를 일찍 여의고 여기저기 떠돌다가 얼마 전부터 저희 집에서 지냈죠. 그런데 제가 산서 지방으로 벼슬을 맡아 떠나게 되어 이 사람이 다시 오갈 데가 없어졌습니다. 생각해 보니 상공께서 문서를 관리할 이가 없지 않습니까? 이 사람은 글씨를 잘 쓰고 머리가 좋으니 상공께서 시험해 보시면 그 재주를 알 수 있을 것입니다.

마침 한림은 이곳저곳에서 편지가 많이 왔기 때문에 편지를 관리하고 답장을 보내 줄 사람이 필요하던 때였다. 한림은 잘되었다 생각하고 곧바로 동청을 불러들였다.

동청은 영리하고 민첩했으며 사람을 대하는 것이 아주 자연스러웠다. 한림은 동청이 마음에 들었다. 그날부터 동청은 문서를 정리해 주며 한림의 집에 머물렀다.

그러나 동청은 겉과 속이 다른 사람이었다. 사대부의 자식이었지만 부모를 일찍 여의고 불량배들과 어울리며 나쁜 짓만을 일삼았다. 여자들을 좋아하고 노름을 즐기면서 재산을 모두 탕진했고 그 후로는 세력가의 집을 옮겨 다니며 빌붙어 살았다. 인물이 좋고 말과 글솜씨가 뛰어나 사람들의 환심을 사지만 시간이 지나면 본색을 드러냈다. 석 낭중도 동청 때문에 속을 끓이다가 먼 곳으로 떠나며 혹을 떼듯이 동청을 한림에게 소개한 것이다.

사씨가 한림에게 말하였다.

"사람들 이야기를 들어 보니 동청이 덕이 얕고 정직하지 못하다 합니다. 나쁜 일을 저지르고 도망가다가 이리로 왔다 하니 오래 머물게 하지는 않는 게 좋을 듯합니다."

"허허허. 그건 그저 떠도는 소문일 뿐이오. 게다가 난 그저 문서를 정리해 줄 사람을 구한 것이지 친구를 얻은 것은 아니잖소. 너무 걱정하지 마시오."

한림은 대수롭지 않게 말하였다.

"비록 친구가 아니라 해도 정직하지 못한 이를 집안에 들였다가 자칫 집안을 어지럽힐 수 있습니다. 돌아가신 부모님의 덕을 더럽힐까 두렵습니다."

"부인의 말이 옳소. 하지만 사람들이란 남 흉보는 이야기를 좋아하지 않소? 조금 더 지켜봅시다."

사씨가 동청을 경계했지만 한림은 얼마 안 가서 사씨의 경계를 잊었다. 그러고는 아무 의심 없이 동청에게 더 많은 일을 맡겼다.

이런 이야기가 마침내 교씨의 귀에 들어갔다. 교씨는 생각했다.

'사씨는 동청을 싫어하고 있는 게 분명해. 하지만 상공께서는 동청을 계속 믿는다지? 그렇다면 내가 동청을 끌어들여서 내 편으로 만들어야겠어. 어떻게든 사씨와 인아를 없애 버려야지.'

교씨는 여종 납매를 시켜 은밀히 동청과 정을 통하게 하고는 연락을 주고받기 시작했다. 몇 차례 연락을 주고받자 두 사람의 뜻이 자연스럽게 맞게 되었다. 동청도 사씨를 싫어했기 때문이다. 때마침 교씨에게 드나들던 이십랑은 동청에 대한 이야기를 듣더니 망측한 꾀를 한 가지 내놓았다.

"동청이라는 분이 글씨를 잘 쓴다고 하셨는데, 혹시 남의 글씨체도 흉내 낼 수 있는지요?"

"그렇다고 하더군. 워낙에 글씨를 잘 쓰니까 말이지."

"그렇다면 사씨를 없앨 계책을 세울 수 있겠습니다. 일단 아드님이 병에 걸려 아프길 기다리십시오. 그때 낭자께서도 병에 걸렸다고 앓아누우세요. 물론 그 전에 반드시 사씨가 낭자와 아드님을 모함하는 글을 써 두셔야 합니다. 그리고 그 글을 우연히 발견한 것처럼 꾸며서 상공께 보여 드리세요. 그렇게 하면 반드시 사씨를 의심하게 될 것입니다."

교씨는 이십랑의 꾀가 좋은 꾀라 여기고 후하게 돈을 주어 사례하였다.

여러 달이 지나고 초가을이 되었다. 때마침 장주가 바깥바람을 쐬고 나더니 갑자기 젖을 토하고 경기*를 일으켰다. 한림이 크게 걱정하여 의원에게 약을 짓게 했다. 교씨와 납매는 옳다구나 여겼다. 그들은 곧장 동청을 꼬드겨 사씨의 글씨체를 흉내 내어 모함하는 글을 짓게 했다. 음흉한 욕심을 지녔던 동청도 교씨의 제안을 선뜻 받아들였다. 그리고 이미 두 사람은 서로 정을 통하는 사이가 되어 있었다. 동청이 사씨의 글씨체를 흉내 낸 글을 쓰자, 곧이어 교씨도 병이 났다며 덩달아 앓아누웠다.

* **경기** 갑자기 몸을 심하게 떨면서 기절하는 병.

•

한림이 옥가락지를 받아 들고 자세히 살펴보니

자기 집안의 물건이 틀림없었다.

•

옥가락지를 훔쳐 내어
사씨 부인을 모함하다

장주와 교씨가 한꺼번에 병에 걸리자 한림은 크게 걱정했다. 특히 교씨는 자리에 누워 음식도 먹지 않고 헛소리까지 심하게 하자 한림은 몹시 안타까워했다.

그러던 어느 날 한림이 교씨를 걱정하여 백자당에 머물고 있는데 갑자기 여종 납매가 뛰어 들어왔다.

"왜 이렇게 소란한 것이냐?"

"죄송합니다. 너무 놀라운 것을 보고 그만 정신을 차릴 수가 없어서……."

"대체 무얼 보았길래 그러느냐?"

납매는 손에 있는 봉투를 내밀었다. 한림은 봉투 속에 든 것을 꺼내 보다가 화들짝 놀라 봉투를 바닥에 떨어뜨렸다. 그러자 봉투 안에 있던 마른 뼈다귀들이 방바닥에 흩어졌다.

"아니, 이게 도대체 무엇이냐?"

"저도 모르옵니다. 봉투 속에 뼈다귀와 종이 한 장이 들어 있었습니다."

한림은 납매가 건네는 종이를 받아 들어 거기 적힌 글을 읽어 보았다. 한림의 얼굴빛은 점점 흙빛으로 변하고 있었다. 글에서는 교씨와 장주를 저주하고 있었는데 너무나 흉측하여 차마 읽을 수가 없을 지경이었다.

한림 곁에서 같이 보던 교씨가 통곡하며 말했다.

"제가 열여섯에 상공의 댁에 들어와 이제 사 년이 흘렀습니다. 그동안 집안사람 누구에게도 잘못한 일이 없었는데 이게 무슨 일입니까?

어찌 이처럼 흉한 일로 장주와 저를 해치려 하는 것인지요? 너무나 무섭고 원통하옵니다."

한림은 다시 한번 종이를 유심히 살펴보았다. 아무리 봐도 사씨 부인의 글씨였다. 한림은 한동안 넋을 잃은 듯 아무 말도 하지 않았다.

마침내 교씨가 울음을 그치고 물었다.

"이제 이 일을 어찌하시겠습니까?"

"이 일은 억지로 알아내려 하다가는 옥과 돌이 모두 타 버릴 것* 같네. 이제 저주하는 글을 찾아냈으니 앞으로는 나쁜 일이 일어나지 않을 걸세. 이 글은 조용히 불에 태워 없애는 것이 좋겠네."

교씨는 마땅한 처분이라며 한림의 말을 따랐다.

한림이 백자당을 떠나자 이야기를 엿듣던 여종 납매가 와서 교씨에게 말했다.

"어째서 더 말씀하지 않으셨나요? 상공의 의심을 키울 좋은 기회였는데요. 괜히 헛수고만 하신 게 아닌가요?"

"그렇지 않다. 상공이 지금까지 사씨를 얼마나 믿었느냐? 이런 일 하나로 무슨 일을 벌일 수가 있겠느냐. 다만 상공의 마음속에 이미 의심이 자라고 있으니 또 다른 궁리를 하면 되지 않겠냐?"

---

* **옥과 돌이 모두 불에 탄다** 옳은 사람이나 그른 사람이 구별 없이 모두 재앙을 받음을 이르는 말. 옥석구분.

사랑채로 돌아온 한림은 마음이 무거웠다. 십오 년이 넘도록 믿고 존경하던 사씨 부인이 그런 일을 벌였다는 것을 믿을 수가 없었다. 한림은 머리를 흔들며 부정하려 했지만 마음은 자꾸만 한쪽으로 흘러갔다.

'예전에 교씨가 부인이 투기를 한다고 말했을 때 믿지 않았는데, 이런 흉악한 일이 있을 줄이야. 대체 이게 무슨 일이란 말인가? 아들이 없다고 걱정하면서 첩을 들이라고 할 때는 언제고, 이제 자기 몸으로 아들을 낳으니 사람이 저렇게 달라질 수 있는가? 겉으로만 인의*를 베푼 것인가?'

이 일로 한림은 사씨에 대한 정이 뚝 떨어졌다. 하지만 겉으로는 드러내지 않고 조용히 지냈다.

얼마 후 사씨의 친정어머니가 몹시 위독하다는 소식이 전해졌다. 사씨는 어머니를 간호하기 위해 친정에 가기를 한림에게 청하였다. 한림은 주저 없이 사씨가 친정에 다녀오도록 배려해 주었다. 사씨는 곧바로 짐을 꾸린 뒤 인아를 데리고 친정으로 떠났다.

그러던 어느 날이었다. 한림이 황제의 부름을 받아 산동 지방으로 떠나는 일이 생겼다. 그해에 산동과 산서, 하남 지방에 큰 흉년이 들어 백성들의 생활이 어려워지자 황제가 관리들을 보내 사정

* **인의(仁義)** 어짊과 의로움.

을 알아보게 했는데, 한림도 그중 한 사람이 된 것이다.

한림마저 집을 떠나자 교씨는 동청을 불러들였다.

"상공과 사씨가 모두 집에 없으니 이는 하늘이 우리에게 주신 기회임에 틀림없소. 이때를 놓치지 말고 확실히 일을 꾸며서 사씨를 내쫓읍시다."

"당연한 거 아니겠소. 더군다나 이제 한림까지 사씨를 의심하고 있으니 속이는 것은 일도 아니오."

"무슨 방법이 있소?"

"있다마다요."

동청은 교씨의 귀에 대고 속삭였다. 이야기를 듣던 교씨의 얼굴이 한층 밝아졌다.

"참으로 기막힌 방법이오. 그런데 누가 그 일을 할 수 있소?"

"내게 '냉진'이라는 친구가 있소. 그 친구가 꾀가 많으니 충분히 잘 해낼 것이오. 그보다 사씨가 가장 아끼는 물건을 어떻게 훔쳐 낼지가 문제요."

"그건 걱정 말아요. 내가 해낼 수 있어요. 사씨의 몸종 중에 설매라는 아이가 있는데, 그 아이는 납매와 사촌지간이에요. 그 아이라면 사씨의 방에 들어가는 것은 어렵지 않죠."

"하하. 그렇다면 이 일은 이미 다 된 것이나 다름없구려."

교씨와 동청은 박수를 치며 좋아했다.

곧바로 교씨는 설매를 불러왔다. 아무 영문도 모른 채 찾아온 설매를 교씨는 달콤한 말들로 꼬드겼다.

"설매 네가 안방마님을 잘 섬긴다는 말은 내가 평소에 많이 들었다. 네 사촌인 납매도 내게 무척 잘해 주고 있지. 사촌 자매끼리 어찌 이처럼 훌륭하게 잘할 수가 있을까? 너희 둘은 유씨 집안의 숨겨진 보물들이다."

교씨는 설매의 손을 잡고 큰돈을 쥐어 주었다.

"너희 자매의 정성에 감동해서 내가 몰래 준비해 둔 것이다. 놀라지 말고 받아 둬라."

설매는 고맙다면서 몇 번이고 절을 하며 물러갔다.

며칠 뒤에 납매가 설매를 찾아갔다.

"혹시 너 안방마님께서 가장 아끼시는 물건이 뭔지 아니?"

"그야 당연히 옥가락지지. 집안 대대로 이어 온 물건으로 돌아가신 대감마님께서 직접 물려주셨거든."

"아, 그렇구나. 그럼 상공께서도 이걸 알아?"

"당연하지!"

"그건 어디 있니?"

"그건 왜? 자물쇠가 달린 작은 상자에 들어 있기는 한데."

납매는 소리를 낮춰 옥가락지를 훔쳐 달라고 말했다. 설매는 깜짝 놀랐다.

"아니, 그걸 왜?"

"글쎄. 내가 어떻게 아니? 작은 마님이 쓰실 데가 있다고 하더라고. 우리 같은 아랫것들이 윗분들의 생각을 어떻게 알겠니? 알 필요도 없고 말이야. 그리고 너도 알겠지만 작은 마님이 나쁜 일을 할 분은 아니잖아. 나한테도 참 잘해 주시고. 아마 이 일도 잘 해내면 큰돈을 벌 수 있을 거야. 남의 집 종살이하면서 우리가 언제 큰돈을 만져 볼 수 있겠니?"

설매는 망설였다. 하지만 마침내 욕심에 넘어가 옥가락지를 훔쳐 내고야 말았다.

옥가락지를 받아 든 교씨는 크게 기뻐하며 설매에게 다시 많은 돈을 주었다.

그때 사씨 부인의 친정에서 하인이 찾아왔다.

"부인의 친정어머니께서 세상을 떠나셨습니다. 집안에 아들이 있지만 아직 나이가 어려서 부인께서 직접 장례를 치른 후에 돌아오실 것입니다."

교씨는 사씨가 늦는 것을 기뻐하며 동청과 냉진을 한림이 있는 산동 지방으로 보냈다.

한림은 교씨와 동청이 일을 꾸미는 줄도 모른 채 산동 지방의 여러 고을을 두루 돌아다니며 백성들의 생활을 살폈다. 그러던 중 어느 주막에 들어갔다. 그때 한 청년이 다가와 한림에게 인사를 하고 옆에 앉았다. 자연스럽게 두 사람은 함께 술을 마시게 되었다.

"젊은이는 어디로 가시는 길이시오?"

"저는 남쪽 지방 사람으로 이름은 장진입니다. 여러 곳을 떠돌다가 이제 고향으로 가는 길입니다."

"그대의 말투를 들어 보니 남쪽 사람 같지는 않구려."

"워낙 이곳저곳을 돌아다니다 보니 이렇게 되었지요."

"어느 곳을 그렇게 다니었소?"

"이곳저곳을 떠돌아다녔는데 얼마 전에는 신성이라는 고을에 머물러 있었지요."

신성은 사씨의 친정이 있는 곳이었다.

두 사람은 밤늦도록 이야기를 나누었다. 그리고 같은 방에서 잠을 청하였다.

다음 날 아침, 청년이 자리에서 일어나 옷을 입고 있었다. 그런데 그때 옷고름에 달린 옥가락지가 한림의 눈에 들어왔다. 너무도 낯이 익은 물건에 한림은 고개를 갸우뚱했다.

"잠깐, 그 가락지 좀 볼 수 있겠소? 얼핏 보아도 참 귀한 물건인 듯한데, 잠깐이라도 구경할 수 있소?"

청년은 잠시 망설이는 척하더니 옥가락지를 풀어서 한림에게 주었다.

한림이 옥가락지를 받아 들고 자세히 살펴보니 자기 집안의 물

건이 틀림없었다. 그런데 옥가락지에는 검은 머리털 매듭이 묶여 있었다. 그런 매듭은 사랑하는 남녀가 이별할 때, 서로에게 잊지 말자고 맹세할 때 하는 매듭이었다.

한림은 이상한 생각을 떨칠 수 없었다. 청년은 얼마 전까지 신성에서 지냈다고 했다. 그곳은 사씨의 친정이 있는 곳이다. 게다가 청년은 사씨 부인이 간직하던 옥가락지를 가지고 있다. 사랑의 매듭까지 묶여 있는 옥가락지를 말이다.

한림은 청년에게 가락지를 옷고름에 차고 다니는 까닭을 물었다. 하지만 청년은 대답을 하지 않으려 했다. 몇 번을 조르자 마침내 청년은 입을 열었다.

"몇 달 전에 신성에서 아름다운 여인을 만나 좋은 인연을 맺었죠. 제가 남쪽으로 떠난다고 하자 그 여인이 제게 옥가락지를 준 것입니다."

"그런데 어째서 그대는 여인을 두고 남쪽으로 가는 것이오?"

"말도 마십시오. 저 같은 떠돌이가 대갓집 안방마님을 어떻게 하겠습니까? 그저 마음으로 그리워하며 살아가는 수밖에요."

두 사람은 또다시 취하도록 술을 마신 뒤 헤어졌다.

그 뒤로 한림은 몹시 불안하고 괴로웠다.

'사씨가 예의에 없는 일을 했을 까닭은 없다. 비록 의심이 들기는 하지만 세상에 어찌 비슷한 물건이 없을까?'

반년이 흘러 드디어 한림은 일을 마치고 집으로 돌아왔다. 사씨도 어머니 상을 마치고 돌아온 지 오래였다. 한림은 사씨를 마주보고 돌아가신 장모님에 대한 예를 올린 후, 교씨와 두 아이를 맞이했다. 그러다 갑자기 산동 지역을 돌아다니다가 만났던 젊은 친구의 말이 떠올랐다. 한림은 사씨를 향해 물었다.

"부인, 예전에 아버님께 받았던 옥가락지는 지금 어디 있소?"

"옥가락지는 상자에 두었습니다만, 어찌하여 물으시는지요?"

"의심 가는 일이 있어 그러니 속히 한번 보아야겠소."

사씨는 한림의 행동을 이상하게 생각하며 아랫사람을 시켜 상자를 가져오게 했다. 그런데 상자를 열어 보자 다른 물건은 그대로 인데 오직 옥가락지만 없었다.

"분명 여기에 두었는데 어디로 갔을까요? 혹시 상공께서 옥가락지가 어디로 갔는지 아시나요?"

한림은 발끈했다.

"부인이 남에게 준 것을 내가 어떻게 안단 말이오!"

사씨는 깜짝 놀라 아무 말도 할 수가 없었다. 그때 두 부인께서 오셨다는 기별이 왔다. 한림은 두 부인을 맞아 자리에 모시고 입을 열었다.

"집안에 큰일이 있어 고모님께 드릴 말씀이 있습니다."

"무슨 일이냐?"

한림은 산동에서 청년을 만났던 일을 자세하게 이야기했다.

"그때는 비슷한 물건이라고 여겼는데 이제 와서 보니 옥가락지가 상자에 없었습니다. 이 일을 어찌하면 좋겠습니까?"

사씨는 한림의 말에 놀라 눈물만 흘리다가 말을 이었다.

"어째서 이런 일이 생겼는지 알 수 없으나 상공께서 저를 이처럼 의심하시니 제가 무슨 면목으로 사람들을 대할 수 있겠습니까? 살고 죽는 것은 모두 상공께 달려 있으니 뜻대로 하십시오. 하지만 이는 누군가가 교묘하게 모함하는 것이니 상공께서 잘 살펴 주시기 바랍니다."

이야기를 들은 두 부인은 크게 화를 내며 한림을 꾸짖었다.

"너는 돌아가신 아버님보다 총명과 식견이 낮다고 생각하느냐?"

"어찌 그런 말씀을 하십니까? 제가 당연히 어리석지요."

"돌아가신 네 아버님은 사람을 알아보는 눈이 있으셨다. 그분이 사씨를 어떻게 생각하는지 정녕 잊지는 않았겠지? 네 아버님은 사씨만큼 어질고 지혜로운 며느리는 일찍이 없었다고 늘 말씀하셨다. 돌아가실 때에도 사씨한테는 따로 당부할 말씀도 없다고 하셨지. 사씨가 현명하다는 것을 잘 알고 계시기에 가르칠 만한 일이 없다고 하신 것이다. 그런데 너는 보통 사람들도 하지 않는 음란하고 더러운 일을 사씨가 했을 거라고 생각한다는 말이냐? 분명히 누군가가 사씨를 모함하려고 꾸민 일일 것이다. 그것을 엄하게 따질 생각은 하지 않고 덮어놓고 의심부터 하다니 어쩌다 이 지경까지 이르렀느냐?"

한림이 두 부인에게 말했다.

"고모님 말씀이 옳습니다. 가르치심이 마땅합니다."

한림은 집에 있던 종들을 끌어내 곤장을 치며 심문했다. 하지만 죄 없는 자들은 아무것도 모르기에 대답을 할 수 없었고, 납매와 설매는 사실대로 말했다가는 자칫 목숨을 잃을 것 같아서 한결같이 입을 굳게 다물었다. 결국 단서를 찾지 못하고 사씨의 억울함은 밝혀지지 못한 채 그대로 묻힐 수밖에 없었다.

그 뒤로 한림의 마음은 사씨를 떠났다. 그는 사씨가 있는 안채에는 발길을 끊고 날마다 교씨의 백자당에서만 지냈다. 교씨는 속으로 매우 통쾌하게 여겼다.

●

자기 아들인 장주를 죽이고

그 죄를 사씨에게 덮어씌우는 일이었기 때문이었다.

●

사씨, 교씨의 아들을
죽게 했다는 누명을 쓰다

하루는 한림과 교씨가 사씨를 어떻게 할지 의논하고 있었다. 교씨가 말했다.

"부인은 항상 자신만 고상한 사람처럼 다른 사람을 내려다봤습니다. 그러니 그런 더러운 일을 했을 까닭은 없을 것입니다. 제 생각에도 고모님 말씀이 옳은 듯합니다. 하지만 두 부인께서는 공정하지 못하십니다. 사씨의 말은 지나치게 믿고 상공의 말씀은 어찌 무시한단 말입니까? 아버님께서 사람 보는 좋은 안목이 있으셨지만 사씨가 시집온 지 얼마 안 되어 돌아가셨습니다. 어찌 먼 훗날의 일까지 헤아리셨겠습니까?"

"사씨가 했던 말을 생각해 보면 구차하게 변명하는 것 같지는 않았네. 나도 그런 일을 저질렀을 거라고 믿지 않아. 다만 전에도 의심 가는 일이 있어서 온전히 믿기가 어렵네."

한림은 지난날 저주하는 글이 사씨의 글씨체와 비슷했다고 이야기하고 말을 이었다.

"그때는 집안이 시끄러워질까 봐 자네에게 말하지 않았지. 그렇게 흉악한 일을 저질렀다면 무슨 일인들 못 하겠는가?"

"그럼, 앞으로 사씨를 어떻게 하실 생각이신가요?"

"아무리 그렇다고 해도 그날 일은 증거가 있지 않고, 이번 일도 명백히 밝히기가 어렵지. 게다가 아버님께서 사랑하셨던 며느리고, 나와 함께 삼년상도 치렀지.* 더욱이 고모께서 힘써 구하시니 차마 내칠 수는 없겠지."

한림의 말을 듣고 교씨는 실망하였다. 하지만 교씨는 멈추지 않고 다시 동청을 불러들였다.

"우리 계획이 참 좋았지만 아직 끝난 게 아닙니다. 풀만 베고 뿌리를 없애지 못한다면 봄바람을 만나 언젠가 다시 살아나겠지요. 만일 사씨와 두 부인이 옥가락지를 찾아내기라도 한다면 우리가 큰 화를 당할 겁니다. 이 기회에 확실하게 일을 매듭지어야 합니다."

* 내쫓을 이유가 있는 아내라도 부모의 삼년상을 함께 치렀다면 내쫓지 못한다. 삼년상은 부모님이 돌아가신 후 3년 동안 상복을 입고 상을 치르는 일을 가리킨다.

"두 부인만 없어도 일이 금방 끝날 텐데."

그 무렵 교씨는 다시 아들을 낳았다. 한림은 아이의 이름을 '봉추'라 짓고 다른 두 아이와 똑같이 사랑했다. 하지만 새로 태어난 아이가 한림의 아이인지 그 누가 알 수 있을까?

한편 두 부인은 사씨를 위해서 옥가락지를 두루 찾았으나 끝내 찾지 못했다. 속으로는 교씨의 짓이라 짐작했지만 뚜렷한 증거가 없으니 어찌할 수 없어 속만 태우고 있었다.

그러던 어느 날 두 부인의 아들이 과거에 급제하여 장사 지방으로 떠나게 되었다. 두 부인은 당연히 아들을 따라 장사로 가야 했다. 두 부인은 아들이 벼슬을 얻은 것은 기뻤으나 사씨가 걱정되어 마음이 편치 않았다.

떠나는 날이 되자 두 부인은 한림을 붙들고 몇 번이고 다시 말했다.

"사씨는 네 아버지께서 사랑하셨고 성품이 본래 선한 사람이다. 내가 떠난 뒤에 비록 이상한 말을 듣더라도 놀라지 말고, 그 잘못을 눈으로 본다고 하더라도 반드시 나에게 편지로 물어서 의논하고 절대 급하게 처리해서는 안 된다. 내 말을 알아듣겠느냐?"

"네, 고모님. 반드시 그렇게 하겠습니다."

"사씨는 어디에 있느냐? 나를 사씨 있는 곳으로 데려가 다오."

그때 사씨는 의심을 받은 채 집 안에 있을 수 없다며 안채를 비우고 스스로 초가집에 머물고 있었다. 사씨는 바짝 여위어서 눈을 뜨고 보기 어려울 지경이었다.

"아니, 어찌 자네가 이런 곳에 와 있단 말인가? 내가 돕지 못해 안타깝네그려. 오라버니가 돌아가실 때 내게 집안을 잘 다스리라고 부탁하셨지. 그런데 내가 덕이 없어 일이 그릇되고 말았군. 자네가 예전에 첩을 들이자고 할 때, 내가 했던 말을 기억하고 있는가?"

"네. 제가 어리석어서 사람을 알아보지 못해 결국 이런 일을 만들었습니다. 이제 와서 누구를 원망하겠습니까?"

"지난 일은 말해서 뭘 하겠나. 그런데 이제 나마저 멀리 떠날 수밖에 없게 되었네. 집안 형편 돌아가는 것을 보니 아무래도 자네가 이 집에 오래 머물기는 어려울 것 같네. 그래서 생각해 봤는데, 혹시나 어려운 일이 생기면 즉시 내게로 오게. 장사로 가는 길이 험하기는 하지만 배로 가면 멀지 않네. 나와 함께 머물면서 뒷일을 살핀다면 언젠가는 일도 잘 풀릴 걸세."

"고모님께서 저를 이렇게 생각해 주시니 만 번 죽어도 보답하기 어려울 것입니다. 하지만 여자 몸으로 어찌 먼 장사까지 갈 수 있겠습니까? 저는 돌아가신 시부모님 산소가 있는 마을에 머물까 합니다."

"자네 뜻이 그렇다면 어쩔 수 없지. 하지만 내 말을 잊지는 말

게. 그리고 지금 당장 힘들겠지만 반드시 참고 견디어야 하네. 그
러면 억울함을 씻을 날이 올 걸세."

두 부인이 떠나자 교씨는 통쾌하고 기쁘기 그지없었다. 마치 눈
에 박힌 못과 등에 박힌 가시를 뽑아낸 것만 같았다. 교씨는 또다
시 동청을 불러 일을 꾸몄다. 동청이 말했다.

"혹시 당나라의 여장부 측천무후를 아시오? 그녀가 어떻게 황
후의 자리까지 앉았을까요? 그녀가 후궁의 위치에 있을 때였소.
그녀는 스스로 자기 딸을 죽이고 그 죄를 황후에게 덮어씌웠소. 당

신에게는 지금 두 아들이 있으니 측천무후가 썼던 계책을 쓴다면 사씨가 아무리 뛰어난 말솜씨가 있다고 해도 결백을 밝히기는 어려울 거요."

교씨는 깜짝 놀랐다. 측천무후가 했던 계책이란 결국 자기 아들인 장주를 죽이고 그 죄를 사씨에게 덮어씌우는 일이었기 때문이었다.

"호랑이도 제 새끼는 사랑하는 법입니다. 어찌 어미가 자식을 죽일 수 있겠어요? 다른 방법을 생각해 봐요. 사씨만 몰아내면 되잖아요."

동청은 교씨가 이 일을 하기 어렵다고 생각했다. 그러나 그는 이미 마음을 굳힌 상태였다. 동청은 조용히 납매를 불러 말했다.

"일이 이렇게까지 되었는데, 끝까지 마무리하지 못하면 너나 나나 모두 죽은 목숨이다. 네가 적당한 때를 봐서 반드시 일을 해치워야 한다."

납매는 흉악한 간계에 놀랐지만 그동안 저지른 일이 있어서 동청의 말을 거부할 수가 없었다. 납매는 설매를 찾아갔다. 납매가 한편으로 윽박지르고, 한편으로는 꼬드기자 겁이 많은 설매는 결국 납매를 따르기로 했다.

하루는 장주가 마루에서 혼자 잠을 자고 있었다. 유모는 어디로 갔는지 보이지 않고 사씨의 몸종인 춘방과 설매가 그 앞을 지나가고 있었다. 납매는 때를 기다려 장주에게 달려들었다. 그러고는 손으로 장주의 목을 졸라 죽여 버렸다.

장주의 유모가 돌아왔을 때, 장주는 이미 몸이 새파랗게 변해 있었다. 유모는 기겁을 하여 소리를 질렀다. 그 소리에 교씨도 놀라 뛰쳐나왔다. 장주가 죽은 것을 보고 교씨는 동청이 기어코 일을 저질렀다는 것을 알았다. 교씨는 정신을 놓을 듯이 슬프게 울었다. 한림도 소식을 듣자마자 달려왔다. 그는 얼굴이 쪽빛처럼 파랗게 변한 채 아무 말도 하지 못했다.

교씨가 가슴을 치고 통곡했다.

"이는 분명 지난번에 우리 모자를 저주한 사람의 짓이 틀림없습니다. 종들을 캐어 보면 진실을 알 수 있을 것입니다."

교씨의 말을 들은 한림은 종들을 모두 불러 모았다. 먼저 장주의 유모가 말했다.

"도련님이 잠든 사이에 제가 갑자기 급한 일이 생겨서 잠깐 나갔다 돌아왔더니 그사이에 일이 이렇게 되었습니다. 도련님을 살피지 못한 죄는 죽어 마땅하나, 그 밖의 일은 전혀 모르옵니다."

뒤이어 납매가 말했다.

"제가 문밖을 지나다 우연히 들어와 보니 춘방과 설매가 난간 아래에서 무슨 이야기를 주고받다가 헤어졌습니다. 두 사람에게 물어본다면 뭔가 알아낼 수 있을 것입니다. 설매가 비록 사촌이지만 엄히 물으시니 숨길 수 없어 말씀드립니다."

한림은 곧장 춘방과 설매를 끌어내어 매질을 했다. 하지만 춘방은 살이 터지고 피가 흐르는데도 아무것도 모른다고만 했다.

설매도 처음에는 춘방과 똑같이 대답했다. 그러나 매를 계속 맞더니 말하기 시작했다.

"죽여 주십시오, 대감. 제가 큰 죄를 지었습니다. 얼마 전 사씨 부인께서 저와 춘방을 불렀습니다. 인아와 장주는 함께 살아갈 수 없으니 장주를 죽인다면 큰 상을 내리겠노라고 말씀하셨죠. 그 뒤로 춘방과 저는 계속 기회를 노렸습니다. 그런데 오늘 마침 장주 도련님이 홀로 자고 있고 보살피는 사람이 없기에 춘방이 다가가 도련님 목을 졸라 죽였습니다."

그러자 춘방이 눈을 부릅뜨고 설매를 쏘아보며 말했다.

"네가 고결하신 부인을 팔아서 죽음을 피하려고 하는구나. 죽으면 죽는 것이지 어찌 전혀 근거 없는 말로 부인을 모함하느냐! 개 돼지도 너처럼 행동하지는 않을 거다."

춘방은 모진 매질을 당하면서도 끝내 한마디도 바꾸지 않다가 마침내 숨을 거두고 말았다.

교씨가 한림에게 말했다.

"죄를 저지른 춘방은 이미 죽었습니다. 설매는 본래 흉악한 일을 하지 않았고 저 아이가 진실을 이야기했으니 너그럽게 살펴 주시기 바랍니다."

이어서 장주의 이름을 부르며 가슴을 치고 통곡하며 말했다.

"장주야! 장주야! 내가 네 원수를 갚지 못한다면 세상을 살아서 무엇 하겠느냐! 나도 너를 따라서 죽고야 말겠다."

교씨는 방으로 들어가 수건으로 목을 매니 종들이 달려들어 말리자 방바닥에 엎어져 발을 구르며 통곡을 멈추지 않았다. 한림은 아무 말 없이 서 있었다. 이 모습을 본 교씨는 속으로 조바심이 나서 한림에게 말했다.

"대감께서 이미 알고 계신 것처럼 질투에 눈이 어두운 부인이 저와 장주의 목숨을 없애려고 했습니다. 그러더니 이제는 몸종을

시켜서 아예 사랑하는 아들을 빼앗아 가 버렸어요. 이제 다음은 누구이겠습니까? 차라리 제가 스스로 죽는 게 낫겠습니다. 상공께서는 투기에 눈이 먼 부인과 같이 살고자 한다면 어서 빨리 저를 죽게 해 주십시오. 저는 몇 번을 죽어도 상관이 없지만 상공께 나쁜 일이 생길까 두렵습니다. 그 여자에게는 이미 다른 남자가 있으니까요."

교씨가 말을 마치자마자 다시 목을 매려고 하니, 한림은 급히 구하고서 소리쳐 말했다.

"질투에 눈먼 사씨가 자네를 해치려고 했던 글을 처음 보았을 때, 나는 부부의 의리를 생각해서 조용히 묻어 두었네. 또 다른 남자를 만났다는 것을 알았을 때도 집안이 부끄러워질까 봐 오히려 덮으려 했지. 하지만 이렇게 끔찍한 죄를 저질렀으니 더는 두고 보기 어렵겠네. 사씨를 집안에 둔다면 반드시 조상님께서 제사를 물리치실 것이고 자손이 끊어질 걸세. 오늘은 이미 늦었으니 내일 친척들을 불러 모아 사당에 아뢰고 사씨를 쫓아내겠네. 그리고 자네를 정실로 삼지. 그러니 이제 그만 울게. 얼굴이 상하겠어."

교씨가 눈물을 훔치며 말했다.

"이렇게 일을 처리해 주시니 제 원통한 마음이 조금이나마 풀리옵니다. 하지만 저같이 천한 사람이 어찌 정실이 되겠습니까?"

종들이 사씨에게 달려가 이 일을 알리며 그 자리에 엎드려 울었다. 그러자 사씨는 오히려 담담하게 말을 이었다.

"걱정들 말게. 이런 일이 일어날 것을 나는 오래전부터 이미 알고 있었네."

지금 당장 남쪽 오천 리 밖으로 몸을 피하거라.

너는 앞으로 칠 년은 더 고생할 운명이다. 그러니 그동안은

아무리 괴롭더라도 꾹 참고 견뎌야 한다.

사씨는 쫓겨나고
교씨가 정실이 되다

다음 날 아침, 한림의 집에는 일가친척들이 모두 모여들었다. 한림은 그들에게 그동안 있었던 일들을 모두 이야기한 뒤 사씨를 집안에서 내쫓고자 한다고 밝혔다. 평소 사씨를 잘 알던 친척들은 고개를 갸우뚱하며 한림의 말을 믿지 못했다. 하지만 이날 모인 사람들은 모두 한림보다 나이가 어리거나 촌수가 낮은 사람들이었다. 그래서 한림에게 강하게 반대할 수가 없었다.

"한림께서 그렇게 생각하신다면 그러셔야지요. 우리가 어찌 이 일에 의견을 내놓을 수 있겠습니까?"

한림은 친척들의 뜻이 하나로 모아졌으니 조상들께 아뢰어야겠다고 말하고 하인들에게 사당을 청소하게 했다. 그리고 친척들을 데리고 사당에 들어가 사씨의 죄를 알리는 글을 읽었다. 그 글의 끝에는 교씨에 대한 것도 있었다. 교씨가 비록 첩으로 들어왔으나 양반 출신이고 지혜와 덕을 고루 갖추었으니 정실로 삼는 데 모자람이 없다는 내용이었다.

한림이 글을 다 읽자 사씨가 사당으로 나왔다. 사씨는 조상들께 마지막 인사를 올렸다. 사씨가 대문을 나서자 친척들과 하인들이 모두 따라나서며 작별 인사를 했다.

"부인! 부디 몸조심하십시오. 언젠가 다시 만날 날이 있을 것입니다."

"죄인을 이렇게 따뜻하게 배웅해 주시니 고맙습니다. 하지만 언제 그날이 올지 기약할 수가 없겠군요."

인아의 유모가 인아를 안고 사씨에게 다가가 인사를 했다. 사씨는 인아를 쓰다듬으며 말했다.

"이미 엎어져 버린 새 둥지에는 알이 남아 있을 수가 없지. 어찌 너라고 무사하겠느냐? 어미의 죄가 커서 너까지 모진 고생을 하겠구나. 다음 세상에서 다시 만나면 그때 못다 한 정을 나누도록 하자."

인아는 어렸지만 어머니가 떠난다는 것을 알 수 있었다.

"어머니! 어디 가세요? 저도 같이 따라갈래요!"

유모가 인아를 억지로 껴안는 사이, 사씨는 가마에 올라 길을 떠났다. 시집올 때 친정에서 데리고 나왔던 늙은 유모와 계집종 차환이 뒤를 따랐다. 바람이 불고 눈발까지 날리는 사나운 날이어서 보는 사람들이 모두 안타까워했다.

잠시 후 사당에는 아름답게 치장한 교씨가 나아갔다. 교씨를 정실로 인정하는 예식이 치러진 것이다. 교씨는 아름다운 비단옷을 입고, 머리에는 구슬로 만든 관을 써서 화려하기가 이루 말할 수 없었다.

교씨는 정실이 되는 예식이 끝나자마자 하인들을 모두 불러서 말했다.

"이제부터 이 집의 안주인은 바로 나다. 너희들에게 상과 벌을 내리는 것이 모두 내 손에 달려 있다. 너희들은 앞으로 더욱 힘써서 집안일을 돌보도록 하라."

교씨는 자신이 정실이 된 기쁨을 감출 수가 없었다. 비록 아들인 장주까지 죽이고 얻은 자리였지만 그건 어쩔 수 없는 일이라고 여겼다.

그런데 며칠 후 사씨를 태우고 갔던 가마꾼들이 돌아와서 이상한 이야기를 전해 주었다.

"사씨는 친정을 가지 않고 선산 아랫마을에 자리를 잡고 살고 있습니다."

그 말을 듣고 교씨는 생각했다.

'그 여자가 한림에게 불쌍하게 보이려고 마음을 먹었구나. 이러다가 만약에 두 부인이라도 다시 오면 큰일인데. 사씨를 가만둘 수는 없겠어.'

교씨는 곧바로 이 일을 한림에게 알렸다.

"그토록 참혹한 일을 저지른 죄인이 어떻게 조상님들이 누워 계신 선산 아래에 머물 수 있단 말입니까? 마땅한 처분을 내리셔야 하지 않을까요?"

"이제 그 사람은 더 이상 우리 집안사람이 아니오. 어떻게 우리가 이래라저

래라 할 수 있겠소? 선산 아래에는 우리 집안사람들만이 아니라 다른 사람들도 많이 살고 있는데, 사씨만 못 살게 할 수는 없는 일이지 않소."

그러자 교씨는 다시 동청을 만났다. 동청이 말했다.

"사씨가 선산 아래에 사는 것은 여러 가지 의도가 있습니다. 먼저 신성으로 돌아가지 않음으로써 옥가락지 일이 사실이 아님을 밝히려는 것이고, 또한 사람들에게 자신이 아직도 유씨 집안 며느리라고 생각한다는 것을 알리려는 의도이지요. 게다가 그곳에 사는 사람들에게 잘 보여 뒷날 그들의 도움을 받고자 하는 생각까지 있는 것입니다.

그뿐일까요? 유 한림이 때때로 선산을 다녀오지 않습니까? 오고 가다가 사씨가 어렵게 사는 형편을 보면 한때 부부였던 사람으로서 마음이 흔들리지 않을 수 없지요. 사람들에게는 '사씨가 억울하게 쫓겨났다'는 말이 파다하게 퍼져 있습니다. 이런 상황에서 사씨를 선산 아래에 계속 살게 둘 수는 없습니다."

교씨가 말했다.

"사람을 보내 죽여 버리는 게 낫겠소?"

"그럴 수는 없습니다. 사씨가 갑자기 죽으면 한림이 의심을 품을 테니까요. 내게 한 가지 생각이 있습니다. 혹시 옥가락지 일을 도와줬던 냉진을 기억하고 있는지요? 사실 그 친구는 혼자 몸이랍니다. 게다가 사씨 같은 여자라면 자기 아내로 삼고 싶다고 내게 몇 번이나 말하기도 했죠. 그러니 속임수를 써서 사씨를 냉진의 아내로 만들어 버립시다. 그러면 옥가락지 일도 사실로 여겨질 테니, 사씨가 억울하다는 소문은 사라질 것입니다. 또 한림의 마음도 완전히 사씨를 떠나게 되겠죠."

교씨는 손뼉을 치며 좋아했다.

"하지만 무슨 수를 써서 사씨를 속일 수 있을까요? 그 여자가 미련하기는 하지만 머리는 좋은 여자인데요."

"두 부인이 있지 않습니까? 두 부인의 글씨체를 흉내 내어 '두 부인과 아들이 다시 돌아왔다. 편지를 받는 대로 꼭 찾아오라.'라는 내용의 편지를 써서 보내는 것입니다. 사씨는 두 부인을 마음속 깊이 따르고 있으니 기꺼이 그 말을 따를 것입니다. 그때 인적이 드문 곳에서 사람을 시켜 납치한 뒤, 그 자리에서 곧바로 냉진과 혼례를 시켜 버리는 것입니다."

"그렇게 합시다. 정말 좋은 계책이군요. 평생 혼자 살아야 할 사씨에게 냉진처럼 좋은 남자를 준다는 게 아깝기는 하지만 당신과 나는 평생 걱정 없이 지낼 수 있으니까요."

교씨와 동청이 일을 꾸미고 있을 때, 사씨는 유씨 가문의 선산 아래에서 작은 초가집을 얻어 살고 있었다.

사씨가 그곳에 짐을 푼 지 며칠 지나지 않아서 친정 동생 사희랑이 찾아왔다.

"여자가 시집에서 쫓겨나면 친정으로 돌아오는 게 마땅한데 누님은 어찌 이런 산골로 들어오셨나요?"

"나라고 친정에 가고 싶은 마음이 없겠느냐? 하지만 친정에 돌아가면 나는 유씨 집안과 영영 인연이 끊어지고 말 것이다. 너도 알지만 나는 한림이 말하는 죄를 지은 적이 결코 없단다. 한림은 지금 모함에 눈이 어두워 있지만 본래 현명한 사람이니 언젠가 진실을 깨달을 날이 오겠지. 그날이 언제일지 알 수 없지만 이곳에서 기다리는 게 옳단다. 그리고 무슨 일이 생기면 장사에 계신 두 부인을 찾아갈 것이니 너무 걱정하지 말아라."

사희랑은 누이를 더 이상 말릴 수 없다는 것을 깨닫고 집으로 돌아갔다. 그 대신 늙은 사내종을 한 명 보내 주었다.

사씨는 길쌈과 바느질을 하고 거친 땅을 일구면서 시골의 아낙네처럼 살아가기 시작했다. 마을 사람들은 사씨를 불쌍히 여겨 가끔씩 채소며 과일들을 보내 주었다. 사씨는 차츰 모든 일에 익숙해져 갔다.

그러던 어느 날 사씨가 창문 아래에서 길쌈을 하고 있는데 누군가가 바깥에서 물었다.

"여기가 유 한림 부인께서 머물고 계신 곳인가요?"

사씨는 길쌈을 하던 손을 멈추었다. 사내종이 나가서 손님에게 물었다.

"어디서 오신 분이시기에 유 한림 부인을 찾소?"

"서울* 두 부인 댁에서 온 사람이오."

사씨는 두 부인이라는 말에 가슴이 뛰기 시작했다.

사내종이 다시 물었다.

"두 부인은 아드님과 함께 장사로 떠나셨는데 서울이라니 무슨 소리요?"

"아직 모르셨소? 나라에서 두 대감 같은 분을 장사까지 보낼 수 없다고 결정해서 새로운 벼슬을 내리셨소. 대감께서는 장사로 내려가던 길에 소식을 듣고 곧바로 서울로 돌아오셨소. 두 부인께서는 집에 오시자마자 사씨 부인의 이야기를 듣고 몹시 놀라셨소. 그래서 저를 보내 문안을 여쭈게 한 것이오. 여기 두 부인의 편지도 가지고 왔소."

사내종은 사씨에게 편지를 건네주며 그 사람이 했던 말을 전하였다.

사씨는 편지를 펼쳤다. 너무나 반가워 의심할 겨를이 없었다. 게다가 편지의 글씨체는 두 부인의 글씨체였다.

---

* 명나라의 수도인 북경을 가리킴.

서울을 떠난 후에 늘 걱정했더니 결국 일이 벌어지고야 말았구나. 참으로 기가 막힌 일이다. 인적 드문 곳에서 홀로 지낸다니, 강도라도 만나면 어쩌려고 그러는 것인가? 일단 우리 집에 와서 함께 지내세. 내일 아침 가마를 보낼 테니 그 편으로 오게. 기다리고 있겠네.

두 부인의 편지에 반가움을 금치 못했던 사씨는 '곧 찾아가 뵙겠다'는 편지를 건네주고 떠날 준비를 했다. 모든 준비가 끝나고 저녁이 되자 사씨는 흔들리는 불빛을 바라보며 설레는 마음을 다독였다.

'고모님은 항상 내 편이 되어 주시는구나. 내 인생이 꼭 불행한 것은 아니었어. 이렇게 돌보아 주시는 분들이 계시니.'

그러다 사씨는 깜박 잠이 들었다. 그때 문이 삐걱하고 열리는 소리가 나더니 누군가가 방 안에 들어왔다. 사씨는 깜짝 놀라 누군지 바라보았다. 그런데 들어온 사람은 지난날 시아버지의 시중을 들던 계집종이었다.

"아니 네가 여기까지 무슨 일이냐?"

사씨가 놀라서 물으니 계집종은 예를 갖추고 공손하게 대답하였다.

"대감께서 부인을 부르셔서 모시러 왔습니다."

"돌아가신 아버님께서 날 부르시다니, 그게 무슨 말이냐?"

"나가 보시면 알 것입니다."

사씨는 일어나서 계집종을 따라갔다. 얼마쯤 가다 보니 커다란 집이 나타났다. 사씨는 대문에 들어섰다. 그랬더니 수십 명의 하인이 고개를 숙여 인사했다. 사씨는 계집종을 계속 따라갔다. 마침내 계집종은 어느 방 앞에서 걸음을 멈추더니 사씨에게 문을 열어 주었다.

사씨가 방 안에 들어가 보니, 그곳에는 시아버지가 예전과 똑같은 모습으로 앉아 있었다. 그 곁에는 사씨가 본 적도 없는 시어머니 최씨도 있었다.

사씨는 시아버지를 보자 감정이 북받쳐 엎드려 눈물을 흘렸다. 유 대감이 사씨를 바라보며 안타까운 목소리로 말했다.

"내 아들이 사악한 자들의 꼬임에 빠져서 너를 이토록 고생시키고 있으니 내가 머리를 들 수가 없구나. 우리 마음도 편하지가 않단다. 하지만 저승과 이승의 길이 다르니 내가 널 도울 길이 없구나."

최씨 부인은 사씨를 불러 가까이 앉히고 말했다.

"내가 세상을 일찍 떠나서 며느리인 자네를 본 적이 없었네. 하지만 자네가 올리는 제사는 늘 기뻐하며 받았지. 그런데 이제 그 못된 교씨가 제사를 올리게 되었으니, 나는 앞으로 사당에 가지 않을 거다. 그건 그렇고 이제 자네가 다시 먼 길을 떠나야 하는데 그걸 생각하니 가슴이 더욱 아프구나."

사씨가 물었다.

"저는 두 부인의 편지를 받고 내일 서울로 가기로 했습니다. 먼 길을 떠나다니 무슨 말씀이신지요?"

유 대감이 사씨에게 말했다.

"다른 생각은 절대로 하지 말고 지금 당장 남쪽 오천 리 밖으로 몸을 피하거라. 두 부인이 보냈다는 편지를 살펴보면 내가 왜 이런 말을 하는지 알게 될 거다. 만약 내 말을 따르지 않으면 끔찍한 일을 당할 것이다. 그리고 이렇게 말하기가 괴롭지만 너는 앞으로 칠 년은 더 고생할 운명이다. 그러니 그동안은 아무리 괴롭더라도 꾹 참고 견뎌야 한다."

최씨 부인이 말을 이었다.

"그리고 이것을 꼭 잊지 말아라. 지금부터 육 년 후 4월 15일 저녁에 '백빈주*'라는 곳에 배를 대고 반드시 기다려야 한다. 그러다가 쫓기는 사람이 있거든 얼른 구해 주거라. 그러면 그것으로 네 고생도 끝이 날 게다."

이윽고 유 대감이 말했다.

---

* **백빈주** 흰 마름꽃이 피어 있는 물가.

"며늘아기야, 이곳은 이승이 아니니 산 사람이 오래 머물 곳은 아니다. 그러니 어서 돌아가거라."

사씨가 두 사람에게 인사를 드리고 정신을 차려 보니 눈앞에 등불이 아롱거리고 있었다.

'아, 내가 선잠이 들어서 꿈을 꾸었구나! 정말 이상한 꿈이야. 남쪽으로 오천 리를 가라고 말씀하셨는데, 무슨 일이 있는 걸까? 게다가 백빈주에 배를 대라니, 백빈주가 대체 어디일까? 시부모님께서 이르신 말씀이 대체 무슨 뜻일까?'

사씨는 다시 두 부인이 보냈다는 편지를 살펴보았다. 처음에는 이상한 점이 눈에 띄지 않았다. 사씨는 계속해서 몇 번을 다시 살폈다. 그러자 과연 이상한 점이 눈에 띄었다.

'두 부인의 아들 이름이 강이었지. 그래서 두 부인은 평소에 강이라는 글자가 들어가는 나쁜 말은 전혀 쓰시지를 않았어. 그런데 편지에는 강도라는 말이 씌어 있어. 그렇다면 이 편지는 다른 사람이 거짓으로 썼다는 말이로군.'

사씨는 밤이 새도록 꿈속에서 시부모님께서 했던 말의 의미를 생각했다.

'남쪽으로 오천 리를 가라는 말씀은 두 부인이 계신 장사로 가라는 의미일 거야. 그런데 백빈주에 배를 대라는 말씀은 도무지 무슨 뜻인지 알 수가 없군. 두 부인은 아직 내 소식을 알지 못하실 텐

데. 갑자기 찾아가면 얼마나 놀라실까. 게다가 그곳까지 갈 배를 어디서 구한단 말인가?'

사씨가 고민하는 사이 어느새 날이 밝았다. 바깥에서 소란스런 소리가 들리더니 사내종이 와서 말했다.

"두 부인 댁에서 가마꾼들이 왔습니다."

사씨가 말했다.

"내가 갑자기 감기에 걸려서 움직일 수 없다고 전해 주시게."

가마꾼들은 어찌할 바를 몰라 서로 얼굴을 바라보았다. 하지만 달리 방법이 없어 그냥 돌아갔다. 이제 시간이 없었다. 사씨는 얼른 사내종을 보내 장사로 가는 배편을 알아보았다.

그러는 동안 가마꾼들은 동청에게 돌아가 사씨가 한 말을 전하였다.

동청이 말했다.

"사씨가 알아챘군. 과연 똑똑한 여자야."

동청보다 더 실망한 것은 냉진이었다.

"그렇다고 한번 마음먹은 일을 여기서 그만둘 수는 없어. 점잖은 방법이 안 통한다면 힘을 써서라도 일을 끝마쳐야지. 내겐 억센 친구들이 많아. 오늘 밤 당장 그 친구들을 데리고 내가 직접 사씨가 있는 곳으로 가야겠네. 사씨가 순순히 따라 주면 좋겠지만 그렇지 않으면 힘을 써서라도 뜻을 이뤄야 하지 않겠나."

냉진의 얼굴에는 잔인한 표정이 스쳤다.

그날 밤 냉진은 무리들을 이끌고 사씨가 사는 초가집을 찾아갔다. 하지만 초가집은 이미 텅 비어 있었다.

조만간 유 한림도 큰 어려움을 겪어서 깨달을 것이오.

그러니 부인은 부디 가볍게 행동하지 마시오.

사씨,

남쪽으로 몸을 피하다

사씨 일행은 냉진을 피해 배를 구했다. 다행히 옛날 두 부인 댁
에서 일하던 장삼이라는 하인이 배를 출발시키려 하고 있었다. 그
는 생강을 사고파는 장사를 하고 있었는데 때마침 장사를 지나 광
서로 간다고 하였다.

사씨는 크게 기뻐하며 말했다.

"두 부인 댁의 하인이라면 우리 집 하인과 무엇이 다르겠는가?
신령께서 도우신 것이다."

배의 주인인 생강 장수 장삼은 사씨의 딱한 사정을 듣고 마음을
다해 사씨를 받들었다.

여러 날 동안 뱃길이 이어졌다. 산은 천 겹이나 이어졌고, 강은

만 겹이나 일렁였다. 마침내 길고 긴 여행이 막바지에 이르러 장사가 가까워 오니 사씨의 마음도 조금은 평온해졌다. 그런데 화용현이라는 곳에 이르니 갑자기 거센 바람이 일어서 배가 앞으로 나아갈 수가 없었다. 뱃길에 익숙하지 못한 사람들은 모두 병이 들어 눕고 말았다. 결국 어쩔 수 없이 배를 강변에 매어 놓을 수밖에 없었다.

사씨는 배에서 내려 주위를 둘러보았다. 자세히 살펴보니 강가에 작은 초가집이 하나 있었다. 사씨는 몸종 차환을 보내어 문을 두드리게 했다. 그러자 열네댓 살쯤 된 소녀가 나왔다. 모습이 매우 아리따워 마치 복숭아꽃이 강물에 비친 것처럼 보였다. 소녀는 사씨에게 다가왔다.

"저는 임씨 성을 가진 소녀입니다. 어려서 아버님을 여의고 어머님과 서로 의지하며 살아가고 있습니다. 어머니께서는 어제 친척 집 굿을 보러 가셨는데 바람이 심해서 아직 돌아오지 못하시고 계십니다. 집이 누추하지만 그래도 괜찮으시다면 들어오십시오."

"멀리서 온 나그네가 주인을 번거롭게 해서 부끄럽고 미안합니다. 그대의 친절에 피곤함이 눈 녹듯 사라지는군요."

사씨는 거듭 감사하며 임씨의 집에 머물렀다. 다음 날도 바람이 불어 사흘 동안이나 머물렀는데, 임씨는 더욱 공경하며 사씨 일행을 대접했다. 나흘째 되는 날 마침내 바람이 멎었다. 사씨는 소녀에게 인사를 했다. 사씨는 소녀의 친절에 그냥 떠날 수가 없었다. 그래서 끼고 있던 가락지를 빼내 임씨에게 주며 말했다.

"그동안 폐가 많았어요. 이것은 하찮은 물건이지만 내 마음으로 받아 주세요. 나를 만났던 것을 잊지 말아 달라는 표시입니다."

소녀는 여비에 꼭 필요할 것이니 받지 않겠다고 사양했으나 사씨가 거듭 권하여 어쩔 수 없이 받아들였다.

사씨는 아쉬움을 안고 다시 배에 올랐다. 사씨가 길을 떠난 지 얼마 안 되어 늙은 사내종이 병에 걸려 죽고 말았다. 사씨는 몹시 슬퍼하며 시신을 강 언덕에 묻어 주었다. 사씨는 이제 남자 하인 없이 유모와 차환만이 남게 되자 걱정스러운 마음에 갈 길이 얼마나 되는지 물었다. 그러자 장삼이 대답했다.

"순풍을 만난다면 내일쯤이면 장사에 닿을 것입니다. 보십시오. 여기가 동정호입니다. 이제 장사는 코앞입니다."

동정호는 호수인데도 바다인 것처럼 넓었다. 그 웅장한 모습을 바라보니 가슴이 탁 트이는 듯했다. 그런데 장사에 미처 다다르기 전 날이 저물어서 먼저 강가에 배를 매어 두고 밤을 보내야 했다. 사씨는 생각에 잠겨 잠을 이루지 못했다. 그때였다. 옆에 있던 배에서 사람들이 주고받는 소리가 들려왔다.

"장사 사람들은 참 복도 없어. 작년에 온 두 추관은 청렴하고, 옳고 그름을 잘 다루어 백성들의 원망이 없었지. 그런데 새로 온 추관은 백성을 잘 다스리는 데는 관심이 없고 오로지 돈만 밝히니 말이야."

사씨는 이 말을 듣고 깜짝 놀랐다.

'저 사람들 말에 따르면 두 추관과 두 부인은 이미 장사를 떠났겠구나. 그렇다면 그 편지가 헛된 말이 아니었단 말인가?'

사씨는 뜬눈으로 밤을 새운 뒤, 날이 밝자 유모를 시켜 소식을 알아보게 했다.

"마님께서 들으신 말씀이 맞습니다. 두 추관은 백성들을 잘 보살폈고 그 일이 대궐에 알려져서 성도 지방으로 옮겨 가셨다고 합니다."

이 말을 듣고 사씨는 하늘을 우러러 탄식했다.

"아아, 세상에 이럴 수가. 이제 장사로 가 봐야 아무 소용이 없지 않은가!"

사씨는 실망한 채 배에서 내렸다. 먼 길을 함께했던 장삼은 사씨를 안타까워하며 떠났다.

유모와 차환이 통곡하며 사씨에게 말했다.

"여비는 이제 다 떨어졌고, 의지할 곳도 없어졌습니다. 마님, 이제 어찌해야 할까요?"

"이제는 정말로 끝이로구나. 그동안 작은 희망을 붙들고 모진 일을 이겨 냈는데, 이제 다시 어떤 희망을 품을 수 있단 말인가? 마음이 답답하니 높은 봉우리에 올라 고향을 한번 바라보려네. 자네들이 나를 부축해 주게."

두 사람이 사씨를 부축하여 언덕에 올랐다. 깎아지른 언덕에 사당이 하나 있는데 이름이 회사정이었다. 이곳은 충신 굴원이 모함을 받고 바위를 껴안은 채 물로 뛰어들어 자결한 곳이었다. 사씨는 강 쪽을 내려다보았다. 깎아지른 낭떠러지가 몸을 던져 죽기에 알맞아 보였다.

"두 추관이 장사를 떠났다는 말을 듣고 나는 지난 밤 꿈에서 들은 말씀을 의심했다. 이제는 시아버님의 뜻을 바로 알겠구나. 이곳은 굴원이 누명을 쓰고 스스로 목숨을 끊은 곳이지. 그러니 이곳에서 목숨을 버려 이름을 깨끗하게 지키라는 것이 아버님의 뜻일

게야."

사씨가 말을 마치고 물에 뛰어들려고 하자 유모와 차환이 통곡하며 말했다.

"마님, 저희 둘은 천신만고 끝에 마님을 모시고 여기에 이르렀습니다. 마땅히 삶과 죽음을 함께할 것입니다. 마님께서 뛰어드시면 저희도 함께 뛰어들 것입니다."

"아무 잘못도 없는 자네들이 왜 나를 따라 죽는다는 말인가? 여비를 다 썼다고 하지만 조금 남아 있으니 둘이 서로 나눠 갖도록 하게. 어디를 간들 새로운 주인을 만나지 못하겠나. 각자 몸을 아끼고 잘 살다가 북쪽 지방 사람들을 만나게 되면 그 옛날 내가 억울하게 죽었다는 사연이나마 전해 주시게."

이렇게 말한 뒤, 사씨는 붓을 꺼내 들고 회사정 정자 기둥에 크게 글씨를 써 내려가기 시작했다.

"모년 모월 모일에 사씨 정옥이 여기서 빠져 죽노라."

글씨를 다 쓰고 사씨는 하늘을 우러러 크게 부르짖었다.

"하늘이여! 어찌 나를 이 지경에 이르게 하셨나요! 옛 어른들이 착한 이에게 복을 내리고 음란한 이에게 재앙을 내린다는 말이 실로 거짓이었습니다."

세 사람은 서로 붙잡고 강물을 내려다보았다. 그때 사씨에게 아들 인아의 얼굴이 떠올랐다.

"우리 인아는 아직 살아 있을까? 내 아이와 아우를 한 번만 볼 수 있다면 죽어도 여한이 없을 텐데. 인아야, 아직 살아 있다면 못난 어미를 용서해 다오."

햇빛은 쓸쓸해지고 사방에서 먹구름이 일어났다. 넘실대는 파도는 그 깊이를 알 수 없을 정도였다. 세 사람은 한바탕 하늘을 우러러 통곡했다. 그러다 사씨는 숨이 막혀 정신을 잃었다. 유모와 차환은 사씨에게 달려들어 팔다리를 주물렀다.

사씨가 정신을 차리지 못하고 어질어질한 사이에 어디선가 기이한 향기가 났다. 눈을 들어 바라보니 눈앞에 푸른 옷을 입은 소녀 두 명이 서 있었다. 모습이 너무나도 신비로워 세상 사람이 아닌 것처럼 보였다.

"낭랑*께서 부인을 찾으셔서 모시러 왔습니다."

"낭랑이라니요? 누구를 말하는 것이오?"

"가시면 알게 되실 것입니다."

사씨는 소녀들을 따라 대나무 숲길을 지났다. 그랬더니 눈앞에 대궐처럼 커다란 건물들이 우뚝 서 있었다. 아름다운 음악 소리가 울리고 싱그러운 향기가 코끝을 스쳤다. 소녀들은 그중 가장 커다란 궁궐 앞에서 발을 멈추고 사씨에게 어서 들어가라고 말했다.

---

* **낭랑** 왕비나 귀족의 아내를 높여 이르는 말.

사씨가 들어가 보니 널따란 방에 백 명은 넘어 보이는 부인들이 앉아 있었다. 그리고 방 끝의 가장 존귀한 자리에 두 명의 귀부인이 앉아 있었다. 사씨는 두 귀부인에게 나아갔다.

"부인! 여기까지 오느라 수고가 많았소. 우리는 옛날 요임금의 딸이자 순임금의 아내로 아황과 여영입니다. 너희는 가서 차를 내오너라."

사씨는 깜짝 놀랐다. 옛날 중국에는 요임금과 순임금이 있었는데, 이 두 임금은 백성을 잘 다스리고 태평성대를 이루어 뒷날 사람들은 '요순시대'라고 불렀다. 그런데 지금 그 시절의 두 왕비를 사씨가 직접 보게 된 것이다.

"우리가 부인을 부른 것은 다른 뜻이 아니오. 부인은 좀 전에 사람의 일에 하늘이 무심하다고 원망하였소. 아무리 부인이 총명하다 해도 하늘의 이치를 이해하지 못할 수도 있지요. 이제 부인의 원통함을 풀어 주고자 하니 귀중한 목숨을 버리겠다는 생각은 어서 거두시오."

"참으로 부끄럽습니다. 하지만 이제 저는 어디 한 곳 몸을 붙일 곳도 없고 돈도 다 떨어져 거지가 되고 말 처지입니다. 비록 쫓겨난 몸이기는 하지만 한때 유 한림 대감의 정실로서 어떻게 그런 일을 견딜 수 있겠습니까? 차라리 죽는 것이 더 낫겠다고 생각했는데, 막상 죽는다고 생각하니 마음이 아득해져 하늘을 원망하고 말았습니다. 그러니 천만 번 죽어도 씻을 수 없는 죄를 지었습니다."

그러자 여영이 말했다.

"그대는 조급한 마음을 버리세요. 본래 좋은 쇠는 백번 단련된 뒤에 더욱 단단해지고, 소나무는 추위를 겪은 후에 더욱 무성해지는 것입니다. 유씨 집안은 선행을 쌓은 집안입니다. 유 한림도 단아한 군자이지요. 하지만 어린 나이에 이름을 떨쳐서 세상의 많은 일들을 아직 경험하지 못했어요. 따라서 하늘이 그에게 일시적인 재앙을 내려서 크게 깨우치고 허물을 고치기를 기다렸다가, 다시 그대를 아내로 삼아 그의 부족한 부분을 돕도록 하려는 것이오. 모두 하늘께서 유씨 집안을 도우려는 뜻이지요. 조만간 유 한림도 큰 어려움을 겪어서 깨달을 것이오. 그러니 부인은 부디 가볍게 행동하지 마시오."

사씨가 말하였다.

"들려주신 말씀이 참으로 고맙습니다. 하지만 저는 이제 갈 곳이 없으니 돌아가 봐야 다시 물에 뛰어들 것입니다. 만약 저를 부끄러워하지 않으신다면 이곳에 머물게 해 주실 수는 없으신지요."

"부인은 언젠가 이곳에 와서 우리와 어깨를 나란히 하게 될 것입니다. 그러나 지금은 아니오. 그러니 그렇게 할 수는 없소. 관음보살을 찾아가시오. 그러면 그가 부인을 인도하고 보살펴 줄 것이오. 우리와 다시 만날 때까지 힘쓰고 힘써 선을 행하시오. 오십 년 뒤에 마땅히 이곳에서 다시 만날 수 있을 것이오."

사씨는 하직* 인사를 하고 처음에 길을 인도했던 두 소녀를 따라 나왔다. 대궐을 나서자 사씨의 눈앞에 열두 개의 진주로 이루어진 발이 떨어지며, 그 소리가 땅을 뒤흔들었다. 그 소리에 놀라 사씨가 움찔하며 정신을 차렸다. 유모와 차환은 사씨가 다시 살아난 것을 알고 큰 소리로 부르짖었다. 날은 이미 어둑어둑 저물고 있었다.

* **하직** 먼 길을 떠날 때 웃어른께 작별을 고하는 것.

·

한림은 교씨를 전처럼 대하기 어려웠다.

눈치 빠른 교씨가 한림이 달라진 것을 모를 리 없었다.

·

유 한림,

교씨를 의심하다

사씨는 정신이 어질어질하여 한참 만에야 비로소 안정되었다. 귀에서는 여전히 음악 소리가 울리고 입안에는 차향이 감도는 것만 같았다. 사씨는 유모에게 물었다.

"내가 지금 어디를 다녀온 게 아닌가?"

"마님께서는 한동안 숨도 제대로 쉬지 못할 만큼 위태로우셨는데, 어디를 다녀오셨단 말입니까?"

사씨는 차환과 유모에게 좀 전의 일을 말한 뒤, 주변을 돌아봤다. 뒤쪽에 있는 대나무 숲이 꿈속에서 본 모습과 똑같았다.

"잠시 나를 따라와 보게."

세 사람은 대나무 숲길을 걸어 들어갔다. 그러자 과연 사당 한

채가 나타났고 '황릉묘'라는 명패가 붙어 있었다. 바로 아황과 여영의 혼백을 모신 사당이었다. 전체적인 모습은 꿈속에서 본 것과 같았으나 단청은 떨어지고 이곳저곳이 기울어져 있었다. 사당 안으로 들어서자 아황과 여영의 조각상이 꿈에서 본 것처럼 근엄하게 서 있었다.

사씨는 공손하게 앉아 향을 사르고 아뢰었다.

"제가 하늘의 도우심을 얻었습니다. 뒷날 하늘에서 뵙더라도 마땅히 은혜를 잊지 않을 것입니다."

어느덧 밤은 깊고 달이 떠올랐다. 갑자기 누군가가 사당 안으로 들어왔다. 사씨 일행은 소스라치게 놀랐다. 들어온 이들은 여스님과 어린 소녀였다. 스님은 사씨 일행을 보더니 급하게 다가와 물었다.

"혹시 어려운 일을 만나서 강물에 뛰어들려고 했던 분이 아니신가요?"

"그걸 어떻게?"

"저희는 동정호의 군산이라는 섬에 살고 있습니다. 그런데 꿈에 관음보살께서 나타나 말씀하셨죠. '어진 부인이 어려움을 만나 물에 뛰어들려고 한다. 당장 황릉묘에 가서 부인을 모셔 오너라.' 하고 말입니다. 그래서 배를 저어 왔더니 이렇게 만나게 되었습니다. 정말 신비롭습니다."

"우리는 거의 죽을 뻔했습니다. 그런데 이렇게 구해 주시니 참으로 고맙습니다. 하지만 저희가 스님을 따라가면 괜히 폐만 끼칠 것입니다."

그러자 스님이 말했다.

"부처님을 받드는 사람은 자비를 베푸는 것이 근본입니다. 게다가 보살께서 직접 명령한 일을 제가 어떻게 어길 수 있겠습니까?"

이렇게 하여 일행은 모두 배에 올라 노를 저었다. 갑자기 부드러운 바람이 불어와 순식간에 군산섬에 도착했다. 군산섬은 대나무가 빽빽하고 바위가 사나워 사람의 발길이 잘 닿지 않는 조용한 곳이었다. 일행은 너무나 고생이 많았던 터라 도착하자마자 잠이 들었다.

이튿날 여승은 불당을 치운 뒤, 향을 피우고 작은 종을 흔들었다. 그리고 사씨를 깨우며 예불을 올리도록 했다. 사씨는 예불을 올리다가 불당 벽에 걸린 그림을 보고 깜짝 놀랐다. 그것은 사씨가 결혼하기 전에 글을 적어 주었던 바로 그 관음보살 그림이었다. 사씨는 머리가 멍해지더니 하염없이 눈물을 흘렸다. 여승은 사씨의 눈물을 보고 이상하게 여겨 물었다.

"무슨 일이십니까? 불상을 보고 눈물을 흘리시다니요?"

"불상의 왼쪽에 있는 글은 제가 어린 시절에 짓고 썼던 것입니다. 어린 시절의 기억이 떠오르니 갑자기 슬픈 마음을 참을 수가 없군요."

여승은 크게 놀라며 말했다.

"이 글을 직접 지으셨단 말입니까? 그렇다면 부인께서 신성 사급사 댁 따님이란 말씀이신가요? 처음부터 어디선가 본 듯한 생각이 들었는데 사 소저이셨군요. 저를 못 알아보시겠습니끼? 저는 그때 그림을 들고 가서 글을 부탁드렸던 묘혜입니다."

두 사람은 몹시 반가워했다.

"그때 저는 유 대감과 두 부인의 부탁으로 소저의 댁을 찾아가 글을 지어 달라고 부탁했지요. 두 분께서는 소저의 글을 보시고 기뻐하며 며느리로 삼으셨답니다. 저도 소저의 혼인을 보려 했으나 스승님을 뵙는 일이 급해서 관음 화상을 받들고 형산으로 갔다가 스승님이 돌아가신 후로 이곳에 와서 지내고 있었습니다. 그동안 세월이 참 많이 흘렀습니다. 그런데 부인께서는 어찌하여 이처럼 멀리 남쪽까지 와서 험한 일을 겪고 계십니까?"

사씨는 그동안 겪었던 일을 자세하게 이야기했다.

묘혜가 탄식하며 말했다.

"세상사가 본래 뜻하는 대로 되는 것은 아니지요. 이제 이곳에서 편하게 지내세요. 한림께서 비록 한때 모함하는 말을 믿었지만 훗날 뉘우치는 때가 있을 것입니다. 제가 사주를 보니 부인의 운명에는 모든 복이 갖추어져 있습니다. 이제 마음을 편하게 먹고 귀한 몸을 상하게 하지 마십시오."

묘혜의 말을 듣고 사씨는 마음이 한결 나아졌다. 그리고 지난번 꿈속의 일이 떠올라서 묘혜에게 물었다.

"혹시 이곳에 백빈주라는 곳이 있나요?"

"동정호 남쪽에 있습니다. 이곳에서 가깝지요. 마름이 많이 자란다고 하여 백빈주라고 부르지요. 그건 왜 물으시나요?"

사씨는 꿈에서 시부모님이 말씀하신 것을 모두 말해 주었다.

"꿈속에서 가르쳐 주신 말씀이나 그 뜻을 아직도 잘 모르겠습니다."

"아마 때가 되면 아실 수 있을 것입니다. 그때까지 이곳에서 편안히 머무르시지요."

"네. 고맙습니다. 제가 어려운 일을 많이 겪기는 했지만 이곳까지 오면서 친절한 분들의 도움도 많이 받았습니다. 특히 화용현에서 제가 어려움을 겪을 때, 임씨 성을 지닌 소녀가 저를 극진히 돌봐 주었지요."

"그렇습니까? 부인께서 제 조카를 만나셨던 것이군요. 그 아이의 이름은 '추영'이라고 합니다. 어린 나이에 어머니, 아버지를 모두 잃은 불쌍한 아이지요."

"그래요? 제가 직접 뵙지는 못했지만 어머니가 계신다고 들었던 것 같은데요?"

"그 사람은 친어머니가 아니라 새어머니이죠. 하지만 두 사람은 친어머니와 친딸이나 마찬가지랍니다. 서로 그렇게 위해 줄 수가 없어요."

"아, 그렇군요. 새어머니와 그렇게 잘 지내다니, 어린 소녀가 정말 기특하기도 합니다."

"추영이가 일찍 철이 들어서 사람들에게 호의를 잘 베풀어 주지요."

사씨는 인연이란 게 참 묘하다는 생각이 들었다. 더불어 임씨 소녀가 성숙한 인격을 지녔다고 생각했다. 소녀에 비하면 자기는 아랫사람의 마음도 얻지 못한 것은 아닌가 하는 반성도 들었다.

'혼자서 올바르게 행동해 본들 무슨 소용일까? 다른 사람과 더불어서 좋은 일을 행하지 못한다면 진정한 덕이라고 할 수 없겠지. 앞으로 더 덕을 쌓으며 지내야겠구나.'

그 후로 사씨 부인은 묘혜의 암자에서 바느질과 길쌈을 하며 지냈다. 사씨는 시끄러운 세상과 멀리 떨어져 지내다 보니 마음이 편안해져 안정을 얻을 수 있었다.

한편 사씨가 남쪽으로 떠난 뒤 냉진은 동청에게 돌아가서 사씨를 놓친 사실을 알렸다. 동청과 냉진은 사람을 시켜 사씨의 친정인 신성까지 찾아가 봤지만 종적을 알 수 없었다. 이 이야기를 교씨는 한림에게 전했다.

"소문을 들어 보니 사씨는 한 사내를 따라 멀리 떠났다고 합니다. 정말 음란한 여자임에 틀림없습니다. 아무래도 인아가 그 배에서 나왔으니 인아를 집 안에 머물게 하는 것이 조상에게 욕이 될까 두렵습니다."

"비록 어미가 악할지라도 자식은 어진 경우가 많았소. 더군다나 인아는 제 어미보다 나를 훨씬 많이 닮지 않았소? 그러니 걱정하지 마시오."

교씨는 더 이상 말을 꺼낼 수가 없었다.

교씨는 정실 자리를 꿰찼지만 여전히 마음이 편하지 않았다. 유한림이 넋을 잃고 있을 때면, 혹시 사씨를 생각하는 것은 아닌지 불안하였다. 그런 까닭에 교씨는 얼굴을 꾸미고 갖은 애교로 한림의 마음을 붙들고자 했다.

교씨는 가혹한 형벌을 쓰면서 아랫사람들을 부렸다. 하인 몇 명이 모여 수군거리만 해도 자기를 욕하는 것같이 느끼고는 걸핏하면 살을 지지고 뼈를 깎아 내는 듯한 벌을 내렸다. 하인들은 모두 두려워 벌벌 떨며 교씨를 바라보지도 못하였다.

그러자 교씨는 더욱 제멋대로 되어 한림이 궁궐에서 밤을 지새우는 날이면, 백자당으로 동청을 불러 함께 잠자리에 들기까지 하였다.

하루는 한림이 대궐에 나갔다가 새벽녘에 집에 돌아왔다. 그날은 궁에서 하늘에 제사를 지내는 날이었는데, 황제가 갑자기 병에 걸려 제사가 미뤄졌다.

한림은 안채에 교씨가 없는 것을 보고 하인들에게 물었다.

"마님께서는 어디 계시느냐?"

"부인께서는 백자당에 나가 주무십니다."

교씨는 한림이 돌아왔다는 것을 알고 급히 옷을 입었고, 동청은 간신히 피해 돌아갔다.

"부인께서는 무슨 까닭으로 안채를 비우고 백자당에서 주무셨소?"

"안채에서 자면 꿈자리가 뒤숭숭해서 그랬습니다. 대감과 있을 때면 괜찮지만 홀로 자면 늘 귀신이 나타나곤 합니다."

"그 말이 맞소. 나 역시 요사이 꿈이 어지러워 잠을 이루지 못할 때가 많소. 참으로 이상한 일이오. 도인을 불러다 한번 물어봐야겠소."

이 무렵 황제는 엄 승상의 계략에 빠져 날마다 귀신과 신선에만 관심을 쏟고 기도를 일삼으며 나랏일을 제대로 돌보지 않았다. 그러자 해서라는 대신이 엄 승상의 잘못을 알리는 글을 지어 올렸다. 하지만 그 글을 읽고 황제는 크게 화를 내며 그를 먼 국경 지방의 군대로 보내 버렸다. 이 일을 지켜보던 한림은 황제에게 해서를 용서해 달라는 글을 올렸다. 그랬더니 황제는 크게 꾸짖으며, "앞으로는 누구든지 기도에 대해서 이야기하면 그 즉시 능지처참하겠노라."라고 못을 박았다.

한림은 실망하여 몸이 아프다는 핑계로 한동안 궁궐에 나가지 않았다. 그러던 어느 날 한림의 집에 도씨 성을 가진 도사가 찾아왔다.

"마침 잘 오시었소. 요즘 내가 안채에서 자면 꿈자리가 뒤숭숭하여 그 이유를 물어보려던 참이었소. 대체 무슨 일인지 알아봐 주시겠소?"

한림의 말을 들은 도사는 함께 안방으로 들어가 무엇이 잘못되었는지 살펴보았다. 한림과 도사는 사람을 시켜 사방의 벽을 허물었다. 그랬더니 그 안에서 나무 인형이 많이 나왔다. 한림은 크게 놀랐다. 그러나 도사는 웃으며 말했다.

"놀라지 마십시오. 이는 사람을 해치는 술법은 아닙니다. 여자가 남편의 사랑을 얻기 위해 쓰는 방법이지요. 다만 사람의 정신을 어지럽게 할 것이니 태워 없애 버리면 아무 일도 없을 것입니다."

도사는 나무 인형을 모두 불태워 버리도록 한 뒤, 다시 한림에게 말했다.

"제가 살펴보니 상공의 미간*에 검은 기운이 있는데, 이는 주인이 집을 떠나야만 위험을 피할 수 있는 운입니다. 그러니 다른 곳

* **미간** 두 눈썹의 사이.

으로 몸을 피하셔서 재앙을 없애시고, 말씀을 조심하시는 게 좋을
것 같습니다."

한림은 생각했다.

'지난번 백자당에서 흉악한 물건이 나왔을 때, 나는 사씨를 의
심했어. 지금은 사씨가 나간 지 오래되었고, 교씨가 온 뒤로 새로
수리를 했지. 그런데 나무 인형이 이렇게 많이 나오다니. 아무래도
인형을 묻을 사람은 교씨밖에 없어. 그렇다면 혹시 사씨 일이 뭔가
잘못된 게 아닐까?'

그때 마침 성도에 있는 두 부인에게서 편지가 왔다. 두 부인은
사씨가 쫓겨난 것을 아직 모르고 있었다. 편지에는 사씨는 나쁜 짓
을 할 사람이 아니니 오해를 풀고, 교씨를 조심하라는 말이 쓰여
있었다. 두 부인의 편지를 읽고 난 한림은 뭔가 이상하다는 것을
느꼈다.

'사씨가 쫓겨난 것은 세 가지 죄 때문이었지. 요망한 물건으로
저주한 일은 아무리 생각해도 증거가 없어. 그리고 옥가락지 일도
사씨의 태도를 보면 너무나 자연스러웠어. 잘못이 있다면 그럴 수
가 없겠지. 아무래도 그 일은 하인들이 꾸민 일일 거야. 장주가 죽
은 일도 춘방이 죽어 가면서까지 인정하지 않았어. 아무래도 뭔가
잘못된 거 같군.'

이런 생각이 들자 한림은 교씨를 전처럼 대하기 어려웠다. 눈치

빠른 교씨가 한림이 달라진 것을 모를 리 없었다. 교씨는 곧바로 동청을 불러 의논했다.

이야기를 들은 동청이 말했다.

"우리 두 사람 일을 모르는 사람은 오직 한림뿐입니다. 다른 사람들은 다 알면서도 부인을 두려워해서 상공께 말하지 못한 것뿐이죠. 그런데 한림의 마음이 달라지면 이 집에서 우리를 잡아들이려는 사람이 한둘이겠습니까?"

"그렇다면 이제 어떻게 해야 할까요?"

"큰일을 당하기 전에 먼저 손을 써야 합니다. 음식에 독약을 넣어 그를 죽게 합시다. 그리고 우리 두 사람이 부부가 되면 얼마나 행복하겠소."

"그 방법은 좋지 않아요. 만에 하나라도 일이 발각되면 큰 화가 닥칠 것입니다. 천천히 다른 기회를 보는 게 좋겠어요."

그러던 중 궁궐에서 한림을 찾았다. 한림은 더 이상 핑계 대기 어려워 다시 조정에 나갔다. 그때 동청은 책상에서 한림이 지은 시 한 편을 보았다. 동청은 두세 번 시를 읽어 보고는 얼굴에 기쁜 빛이 가득해서 교씨에게 말했다.

"하늘이 우리를 돕고 있소."

"무슨 말입니까?"

"지난번에 황제께서 '기도하는 일을 가지고 건의하는 자가 있을 때는 능지처참하겠노라.'라고 하셨소. 그런데 한림의 시를 보니 그 일을 크게 비난하면서 엄 승상을 간신에 빗대어 풍자하고 있어요. 이 글을 엄 승상에게 갖다 바쳐야겠소. 엄 승상은 예전부터 한림을 미워했으니, 반드시 황제께 아뢰어 한림을 처벌할 것이오."

교씨는 크게 기뻐하며 말했다.

"참으로 좋은 방법입니다. 우리 손으로 직접 죽이지 않으니 훨씬 쉽고 안전하겠어요."

•

두 사람이 행복에 겨워 있는 동안 한림은 멀고 먼 귀양지인

행주를 향해 고달프게 걸어갔다.

•

동청의 모함으로
유 한림이 **귀양을 떠나다**

동청은 한림의 시를 옷자락 속에 넣고 엄 승상 집으로 향했다.

"자네는 누군가?"

"저는 한림학사 유연수의 집에 머물고 있는 동청이라고 하옵니다. 그곳에서 글을 쓰는 일을 돕고 있지요. 그런데 유 한림은 언제나 승상을 미워하고 해치려 했습니다. 그러더니 어제는 술에 취해서 저에게 말하길, '내가 시를 하나 지었네. 엄 승상을 옛날 임금을 속인 신원평과 왕흠약에 빗댄 것일세.'라고 하였습니다. 저는 만약 이 일이 발각이 되면 저까지 벌을 피하기 어렵겠다는 두려움이 들었습니다. 그래서 감히 이 시를 훔쳐 와서 승상께 바치게 된 것입니다."

엄 승상이 그 시를 보니 과연 한림의 글이 틀림이 없었다. 그는 차갑게 웃으며 말했다.

"유희가 항상 나를 해치려 하더니 그 아들까지 나를 죽이려 작정했군."

엄 승상은 동청을 자신의 집에 머물게 하고 대궐에 들어가 황제를 만났다. 엄 승상이 황제께 아뢰었다.

"얼마 전 기도하는 일을 비난하는 자는 극형에 처하겠다는 말씀이 있으셨습니다. 그런데 나이 어린 벼슬아치들이 황제께서 직접 세우신 국법을 어기니 참으로 한심스럽습니다. 유연수라는 자가 감히 일국의 승상인 저를 간신에 빗대고 폐하를 비방하였습니다. 어찌 그냥 둘 수 있겠나이까?"

황제는 크게 화를 내며 한림을 가두고 극형으로 다스리려고 했다. 그때 서계라는 신하가 황제에게 말했다.

"폐하께서는 자칫 무고한 선비를 죽이게 될지 모르옵니다. 게다가 시는 흥에 겨워 쓰는 것이니 특별히 폐하를 비방하는 것은 아닐 것입니다. 또한 시에 나오는 신하들이 간신인 것은 맞지만 당시 황제들은 모두 태평성대를 다스리던 분이었습니다. 그러니 유연수를 처벌하시면 아니 됩니다."

황제는 서계의 말을 듣고 화가 풀렸다. 하지만 엄 승상이 유연수를 그대로 둬서는 안 된다고 하여, 멀리 귀양 보내기로 하였다.

엄 승상은 관리를 불러 연수의 유배지를 행주로 정하라고 말했다.

이 사실을 알게 된 동청이 말했다.

"유연수를 살려 두시면 훗날 승상께 좋지 않을 것입니다. 어찌 죽이지 않으셨습니까?"

"마침 그를 놓아주자는 사람이 있었다. 비록 극형을 처하지는 않았지만 행주는 본래 풍토병*이 심한 곳이니 죽은 것이나 다름없네. 북쪽 지방 사람이 그곳에 가서 살아온 적이 없었지."

그 시각 한림의 집은 통곡하는 소리로 뒤집어졌다. 교씨도 거짓으로 크게 울었다.

"상공께서 떠나시면 저 혼자 어떻게 이 집에서 살 수 있겠습니까? 저도 따라가겠습니다."

"나는 이제 멀고 험한 곳으로 유배를 떠나니 돌아온다고 약속할 수가 없소. 그러니 어찌 부인을 데려갈 수 있겠소? 부인은 위로 제사를 잘 받들고 아이들 기르는 일에 정성을 다해 주시오. 특히 인아를 잘 부탁하오. 우리 집안의 맏아들이 아니오. 성품도 순하니 앞으로 제사를 잘 모실 것이오."

교씨가 통곡하며 말했다.

"상공의 아들이 곧 제 아들입니다. 인아와 봉추를 다름없이 키

---

* **풍토병** 어떤 지역의 특수한 기후나 땅. 환경 등으로 인해 생기는 병.

울 것이니 걱정 마십시오."

한림은 짐을 꾸려 대문을 나섰다. 그런데 동청이 보이지 않았다. 한림이 옥에서 나올 때 사람들은 모두 동청이 꾸민 일이라고 말해 주었다. 이제 와서 생각해 보니 동청이 꾸민 흉계가 틀림없었다.

한편 동청은 엄 승상의 편에 서서 진류라는 고을의 현령 자리를 얻게 되었다. 동청은 곧바로 교씨에게 연락을 했다. 두 사람은 교씨의 고향인 하간에서 만나 진류로 함께 가자고 약속을 했다.

교씨는 아랫사람들을 불러 말했다.

"상공께서도 떠나시고 마음이 쓸쓸하여 언니가 사는 하간에 다녀와야겠다."

교씨는 납매와 설매를 비롯해서 하인 다섯 명과 인아, 봉추를 데리고 집을 나섰다. 인아의 유모가 함께 가려고 했지만 교씨가 막아섰다.

"인아는 젖 먹을 나이가 지났는데 무엇 하러 따라오겠다는 것이냐?"

결국 인아의 유모는 함께 가지 못했다. 마침내 교씨 일행이 떠났다. 교씨는 납매, 설매를 시켜 유씨 집안의 온갖 보물들을 짐 속에 싸 두었다.

호타하라는 강에 이르렀을 때였다. 교씨는 설매를 불러 말했다.

"지금부터 내 말을 잘 들어라. 인아를 살려 두어서는 좋은 일이 없을 것이다. 네가 가서 그 아이를 물속에 던져 버리도록 해라."

설매는 잠든 인아를 안고 사람이 없는 물가에 다다랐다. 하지만 막상 아이를 물에 던지려 하니 무섭고 두려웠다. 가슴이 쿵쾅거리고 다리가 마구 떨렸다.

"내 신세가 어쩌다가 이렇게 되었나? 납매에게 꼬여 교씨와 한패가 된 후로 나는 춘방을 죽게 하고 사씨 부인을 내쫓게 했어. 그 죄만 해도 벌써 하늘을 찌를 것인데 어찌 또 이 어린것을 죽인단 말인가?"

설매는 차마 인아를 죽이지 못하고 물가에 그냥 놓고 돌아왔다. 그리고는 교씨에게 말했다.

"아이를 물에 던졌더니 몇 번 떴다가 가라앉았다 하더니 얼마 안 가서 물속에 푹 잠겨 떠오르지 않았습니다."

교씨는 설매에게 잘했노라고 칭찬했다. 교씨가 하간에 도착하니 동청이 이미 큰 배를 준비해 놓고 교씨를 기다리고 있었다. 한평생 떠돌다가 벼슬을 얻고, 교씨까지 아내로 삼았으니 동청의 기쁨은 이루 말할 수 없이 컸다. 게다가 유씨 집안의 엄청난 재산까지 손에 넣었으니 동청은 부러울 것이 없었다. 두 사람은 배 위에서 비파를 연주하고 거문고를 타면서 마음껏 놀다가 진류를 향해 떠났다.

두 사람이 행복에 겨워 있는 동안 한림은 멀고 먼 귀양지인 행주를 향해 고달프게 걸어갔다. 마침내 길을 떠난 지 반년이 지나서야 행주에 도착했다. 행주의 거친 바람과 짙은 안개는 참으로 견디기가 어려웠다. 한림은 결국 병을 얻고야 말았다.

'나를 이렇게 만든 것은 동청이 틀림없어. 책상 위에 두었던 시를 어느 누가 가져다가 황제께 고할 수 있단 말인가? 예전에 사씨가 동청을 가까이 두지 말라고 했는데 그 말을 듣지 않다가 결국 이렇게 되고 말았구나. 사씨만 곁에 있었더라면 이런 끔찍한 일을 당하지는 않았을 것인데.'

한림은 사씨가 그리워졌다.

'생각해 보면 사씨는 참으로 현명한 사람이었어. 그런 사씨가 흉악하고 음란한 일을 벌였을까? 아니야. 그럴 리가 없어. 아무래도 내가 큰 실수를 했던 거야. 이제 이 일을 어찌할까. 죄 없는 부인을 내쫓고 앞으로 조상들의 얼굴을 어떻게 본단 말인가?'

한림의 눈에는 속절없는 눈물만 솟아나 얼굴을 뒤덮었다.

한편 진류로 떠난 동청과 교씨는 흥청망청 세월을 보냈다. 양심을 버리고 타락한 이들에게는 거리낄 것이 전혀 없었다. 더군다나 백성들을 쥐어짜서 재물을 긁어모았으니 돈은 헤아릴 수 없이 많았다. 동청은 그중 반을 엄 승상에게 뇌물로 보내어 자기를 끝까지 돌보도록 만들었다.

시간이 흐르자 동청은 진류라는 작은 고을로는 만족할 수가 없었다. 그래서 엄 승상에게 다시 많은 돈을 뇌물로 주며 더 높은 자리를 부탁했다. 그러자 엄 승상이 황제에게 부탁하여 동청을 계림이라는 큰 지방의 태수로 삼았다. 동청과 교씨는 춤을 추고 싶을 만큼 기뻤다. 두 사람은 날을 잡고 계림을 향해 떠날 준비를 했다.

동청은 그 즉시 힘센 부하 십여 명을 불러

한림을 은밀하게 죽이라고 명했다.

진실이 드러나자

유 한림을 죽이려 하다

시간이 흘러 나라에 큰 경사가 있었다. 황제가 아들을 태자로 삼은 것이다. 나라에서는 좋은 날을 맞아 죄인을 용서하고 옥에서 풀어 주는 은혜를 베풀었다. 그래서 유 한림도 귀양을 마치고 고향으로 돌아가라는 명령을 받았다.

하지만 한림은 고향으로 돌아가는 게 마음에 내키지 않았다. 마침 무창이라는 곳에도 유씨 집안의 땅이 있어 한림은 그곳에 정착해서 살아가려고 마음을 먹었다. 무창으로 가는 도중에 한림은 장사에 이르렀다. 그는 잠시 쉬려고 말에서 내려 나무 그늘 아래 앉아서 중얼거렸다.

"3년 동안 풍토병이 심한 행주에 있으면서 목숨을 지킬 수 있었다니 하늘이 도우신 것이 틀림없어. 이제 나는 세상일에는 욕심을 두지 않고 무창에서 조용히 자연을 벗하며 살아가야겠어. 자리가 잡히는 대로 고향에 있는 부인과 아이들도 불러와야지. 농사지을 땅이 있고 낚시할 강이 있고 함께할 가족이 있다면 그것만으로 충분하지."

한림은 마음속에 끼어 있던 구름이 모두 걷히는 것만 같은 생각이 들었다.

그때였다. 어떤 큰 행차가 다가왔다. 행차의 맨 앞에서는 붉은 방망이를 든 나졸들이 "물렀거라! 계림 태수 나가신다!" 하며 지나가는 사람들을 비켜서게 만들었다. 그 뒤로는 푸른 깃발이 펄럭이며 다가왔다.

한림은 멀리 떨어져 행차를 바라보았다. 태수는 온통 금으로 장식한 흰말을 타고 있었다. 태수의 일행을 바라보던 한림은 크게 놀랐다. 말 위에 동청이 앉아 있었던 것이다.

"이런 말도 안 되는 일이. 남의 집에서 편지나 대신 써 주던 자가 어떻게 저렇게 큰 벼슬을 할 수 있단 말인가?"

한림은 곧바로 깨달았다.

"저놈이 내 시를 엄 승상에게 가져다준 것이 분명하구나. 엄 승상이 저놈의 뒤를 봐주었어. 대체 우리 조정은 언제까지 엄 승상 같은 간신의 손아귀에 붙들려 있어야 한단 말인가?"

그때 다시 "물렀거라!" 하는 소리가 들렸다. 그리고 칠보로 단장한 화려한 가마가 지나갔다. 값비싼 비단옷을 입은 수십 명의 시녀들이 그 가마를 에워싸고 있었다.

"동청의 행차도 대단하더니 그 부인의 행차는 더 웅장하구나. 동청이 언제 혼인을 했는지는 모르겠다만 부인을 아주 잘 대해 주는군."

한림은 동청의 행차가 멀리 떠날 때까지 기다리다가 가까운 주막에 들렀다. 그때 주막 맞은편에서 어떤 여자가 한림을 보고 깜짝 놀라며 달려와 무릎을 꿇었다.

"대감마님! 여기까지 어쩐 일이십니까?"

여자는 바로 설매였다.

한림은 생각하지도 않은 곳에서 옛 식구를 만나자 몹시 반가웠다.

"이번에 황제께서 좋은 일을 맞아 죄인들을 용서해 주지 않았느냐? 그래서 나도 귀양을 마치고 돌아가는 길이다. 그런데 너는 어떻게 여기까지 왔느냐? 집안 식구들은 모두 잘 있느냐?"

그러자 설매는 눈물을 왈칵 쏟았다.

"그동안의 일들을 어떻게 한번에 말씀드릴 수 있겠습니까? 혹시 좀 전에 지나간 행차를 보셨는지요?"

"그래 보았구나. 동청이 계림 태수가 되었다고. 그런 일은 이제

나하고는 아무 관계가 없다. 다만 고향에 있는 마님과 아이들은 별일이 없느냐?"

"혹시 태수의 뒤를 따르던 가마에 누가 탔을 것이라고 생각하시는지요?"

"그야 동청의 부인이 탔겠지."

"놀라지 마십시오. 동청의 아내가 바로 교씨 부인입니다. 저도 교씨 부인을 따라가던 길에 말에서 떨어져 잠시 쉬고 있는 중이었습니다."

한림은 벼락이라도 맞은 듯이 눈을 크게 떴다. 그러고는 넋이 나간 사람처럼 아무 말도 못 한 채 그 자리에 털썩 주저앉았다. 한참 만에 정신을 차린 뒤 한림이 말했다.

"대체 이게 무슨 해괴한 말이냐? 교씨가 동청의 아내가 되다니. 어서 자세히 말해 보아라."

설매는 눈물을 흘리며 지난 일들을 모두 말했다. 교씨 부인과 납매의 꼬임에 빠져 옥가락지를 훔친 일, 장주가 죽게 된 까닭, 교씨 부인이 모든 재물을 가로채고 동청과 정을 통했던 일까지 모두 한림에게 말하였다. 그리고 교씨 부인이 인아를 물속에 던져 죽이라고 시킨 일까지 전해 주었다.

"이 모든 일이 내 잘못이구나. 죄 없는 아내를 쫓아내고 어린아이까지 죽게 했으니 내가 어찌 세상을 살아갈 수 있을까?"

"교씨 부인이 인아 도련님을 강물에 던지도록 시켰습니다. 하지만 차마 그렇게 할 수가 없어서 도련님을 갈대숲에 몰래 두고 왔습니다. 조상님께서 도우셨다면 누군가가 데려다가 거두어 기르고 있을 것입니다."

"혹시라도 인아가 살아 있다면 그것은 모두 네 덕이구나. 지난날의 허물은 묻지 않으마."

설매는 흐느끼며 말을 이었다.

"어제 악주*에서 어떤 사람의 말을 들으니 사씨 부인께서 장사의 두 추관에게로 갔다가 추관이 이미 교체되어 그곳을 떠났다고 합니다. 그 뒤로는 행방을 알 수 없으니 잘 지내시길 바랄 뿐입니다. 그리고 지금 문밖에서 마부가 저를 기다리고 있습니다. 만약 여기 더 머물러 있으면 교씨 부인이 곧바로 의심할 것입니다. 부디 몸조심하시옵소서."

이때 교씨는 설매가 오래도록 돌아오지 않자 이상하게 여기고 있었다. 의심을 품은 교씨는 설매와 함께 돌아온 마부를 따로 불러서 무슨 일이 있었느냐고 물었다.

"설매가 주막에서 어떤 선비를 만나서 오랫동안 이야기를 주고받느라 늦었습니다. 기다리는 동안 제가 하인에게 그 선비의 이름

* **악주** 동정호 북동쪽에 있는 도시.

을 물었더니 '귀양 갔다 사면을 받아 돌아가는 유 한림'이라고 했습니다."

교씨는 깜짝 놀라 동청을 불렀다. 이에 동청도 놀라며 말했다.

"이놈이 분명히 남쪽 땅에서 귀신이 되었겠구나 생각했는데 지금까지 살아 있다니 질긴 목숨이로군. 이놈을 살려 두면 큰일이 날지 모르니 어서 빨리 손을 써서 없애야겠소."

동청은 그 즉시 힘센 부하 십여 명을 불러 한림을 은밀하게 죽이라고 명했다.

설매는 동청이 한림을 죽이라는 명을 내리는 것을 보고 자기도 목숨이 다했다는 것을 느꼈다. 결국 뒤뜰의 나무 아래에서 목을 매 스스로 죽었다.

한편 한림은 생각했다.

'내가 정말 어리석었다. 간사한 말을 믿고 어진 아내를 내쫓고 집안을 망하게 했으니 위로는 조상들을 욕되게 하고, 아래로는 자식들을 지키지 못했구나. 누구를 원망하고 누구를 탓하랴. 죽은 뒤에 부인의 얼굴을 차마 어떻게 볼 수 있을까?'

한림은 악주로 가서 사씨의 소식을 물었다. 강가에 있는 집집마다 찾아다니며 묻지 않는 곳이 없었지만 아무도 사씨를 아는 사람이 없었다. 그러던 중 마침내 한 사람이 한림에게 다가와 말했다.

"몇 해 전에 어떤 재상집 식구들이 생강 파는 배를 타고 와서 회

사정이라는 정자 아래 머문 적이 있었지요. 행색은 초라했지만 기품이 있어 보였습니다. 이후의 일은 잘 모릅니다. 그런데 어떤 이들은 물에 빠져 죽었다고 하더군요."

한림은 곧바로 회사정으로 올랐다. 하지만 사람의 자취는 찾을 수 없었고 두견새가 울부짖는 소리만 들릴 뿐이었다. 한림은 마음을 달랠 길이 없어 주변을 서성이다가 문득 정자 기둥 위에 있는 글귀를 발견했다.

"모년 모월 모일에 사씨 정옥이 여기서 빠져 죽노라."

한림은 대성통곡을 하다가 숨이 막혀 그 자리에 쓰러지고 말았다. 따르던 하인이 한림을 일으켜 세웠다.

"이 모든 게 나의 죄다! 사씨가 이렇게 된 건 다 내 죄야. 이제 와서 후회한들 무슨 소용이 있을까?"

한림은 강가에 서서 체면도 잊은 채 크게 통곡했다. 물결이 울부짖고 온 세상이 슬퍼하는 것만 같았다. 한림이 마침내 하인에게 분부했다.

"술과 과일을 정성 들여 갖춰라. 억울하게 죽은 부인께 제사라도 지내서 그 영혼을 위로해야겠다."

한림은 주막에 들어가 등불을 켜고 제문*을 쓰려고 종이를 펼

* **제문** 죽은 사람에 대하여 슬퍼함을 나타낸 글.

쳤다. 하지만 억장이 무너지고 눈물이 흘러 한 글자도 쓸 수가 없었다.

그때 갑자기 밖에서 고함 소리가 크게 들려왔다. 한림이 문을 열어 보니, 건장한 사람들이 큰 몽둥이와 날카로운 칼을 든 채 우레처럼 큰 소리로 외쳤다.

"이 집에 유연수란 놈이 있느냐?"

유 한림은 깜짝 놀랐다. 그래서 붓을 던지고 곧장 뒷문으로 달아났다. 대숲을 뚫고 들어가니 동서를 분간할 수 없어 거꾸러지고 부딪혀 어찌해야 할 바를 몰랐다. 캄캄한 밤중에 맨발로 우거진 숲을 헤치며 이리 뛰고 저리 달리니 세상에 그렇게 초라한 신세가 없었다. 하지만 신세를 서러워할 틈도 없이 사내들이 바짝 뒤쫓아 오고 있었다. 숲이 끝나고 눈앞에 강이 나타났다. 이제 더 달아날 곳이 없었다. 한림은 강가의 풀숲에 몸을 엎드렸다. 한림이 하늘을 우러러 탄식하며 말했다.

"내가 분명 이곳에서 죽겠구나. 차라리 물에 빠져 죽을지언정 다른 사람의 손에 죽지는 않으리라."

한림이 그렇게 마음을 다잡고 있는데 어디선가 다정한 말소리가 들려왔다.

'이 밤에 고깃배라도 나왔을까?'

한림이 고개를 들어 보니, 환한 달빛 아래 배 한 척이 보였다.

배는 앞쪽으로 얼마쯤 떨어진 곳의 모래 언덕에 매여 있었다. 그곳에서는 두 소녀가 한가롭게 노래를 부르고 있었다.

　　푸른 물 위에 가을 달이 밝으니
　　남쪽 호숫가에 나가 마름을 캔다
　　연꽃이 귀엽게 입을 벌리니
　　노 젓는 사람은 시름을 잊는구나.

한 소녀가 노래를 마치자 다른 소녀가 노래를 이어받았다.

　　호숫가에서 마름을 캐는데
　　불빛이 새롭기만 하구나
　　동정호 들어가는 나그네여
　　머지않은 때에 임을 만나리라.

그러더니 소녀들은 다시 웃으며 다정하게 이야기를 나누었다. 한림은 급히 그 앞으로 달려가 소리쳤다.
"이보시오. 나 좀 살려 주오!"
그러자 배 한쪽에서 여스님이 나오더니 소녀들에게 말했다.
"자, 빨리 배를 대서 저 사람을 구하자꾸나!"

소녀들이 배를 저어 강가에 댔다. 한림은 급히 뱃머리에 올라와
말했다.

"뒤에 도적들이 쫓아오니 배를 돌려 노를 저으시오."

동청이 보낸 사람들이 그 모습을 보고 쫓아와서 크게 소리를 지르며 말했다.

"배를 돌려라! 그렇지 않으면 모두 죽을 것이다."

하지만 소녀들은 들은 척도 않고 힘껏 노를 저어 강으로 들어갔다. 그러자 도적들이 다시 크게 소리쳤다.

"그놈은 살인을 저지른 도적이다. 계림 태수께서 우리에게 그놈을 잡으라고 하셨다. 놈을 잡으면 너희나 우리나 크게 상을 받을 것이다. 그렇지 않으면 반드시 죽을 것이다."

한림은 비로소 그들이 동청이 보낸 무리라는 것을 깨닫고 더욱 놀라워하며 말했다.

"저 말을 믿지 마시오. 나는 한림학사를 지낸 유연수요. 저들은 전부 도적이오."

배가 점점 멀어지자 도적들은 어찌할 수 없어 돌아갔다. 그러는 동안 배는 점점 나아가 물 한가운데 군산섬에 이르렀다. 한림은 그제야 마음을 놓고 스님에게 인사를 하였다.

"참으로 고맙습니다. 스님은 어떤 분이시기에 저를 구해 주셨나요?"

스님이 대답했다.

"상공께서는 제게 고마워하지 마시고 어서 선창*에 들어가 옛

* **선창** 배 안 갑판 밑에 있는 짐칸.

사람을 만나 보세요."

한림이 까닭을 몰라 주저하는데 갑자기 선창에서 희미하게 여자의 울음소리가 들려왔다.

새로운 집에 도착한 유 시랑과 사씨는

사당에 올라가 절을 하며 다시 부부가 되었음을 알렸다.

유 한림과 사씨가 다시 만나고,
악인은 몰락하다

한림이 선창 안으로 들어갔다. 어떤 부인이 하얀 소복을 입고 나와 한림을 맞으며 땅에 엎드려 통곡했다. 그때 새벽빛이 선창 안으로 비쳐 들었다. 한림은 자신의 눈을 믿을 수가 없었다. 그 사람은 물에 빠져 죽은 줄로만 알았던 사씨였다.

"부인! 이것이 꿈이오, 생시요? 부인은 귀신이오, 사람이오? 어찌 여기 있습니까?"

한림의 말에 사씨가 옷깃을 여미며 대답했다.

"죄인이 아직까지 죽지 못하고 살아 있었습니다. 진실로 오늘 다시 상공을 뵈리라고는 생각조차 못 했습니다. 상공께서는 어디 계시다가 여기까지 오셨나요?"

"그게 무슨 말씀이오. 죄인은 부인이 아니라 바로 나요. 이렇게 갑자기 만나니 부끄러움을 참을 수가 없군요. 하지만 하늘이 부인을 다시 만나게 한 것은 예전의 죄를 씻으라는 뜻이 아니겠소? 부인, 나를 용서하시오."

두 사람은 그동안에 있었던 일을 서로 이야기했다. 모든 일이 교씨와 동청이 꾸민 일이라는 사실에 사씨는 몹시 놀라워했다. 그러던 중에 강에서 인아를 빠뜨려 죽이려 했던 일을 말하자 사씨는 가슴을 치며 크게 통곡했다. 한림은 사씨를 달래며 말했다.

"정신을 차려 보시오. 아직 절망하기는 이르오. 설매가 인아를 차마 물에 던지지 못하고 갈대숲에 버려두었다고 하니 어딘가에 살아 있을 수도 있소."

"설매의 말을 어떻게 다 믿을 수 있을까요? 그리고 살아 있다고 해도 어찌 다시 인아를 만날 수 있겠어요?"

두 사람은 눈물을 멈추지 않았다. 사씨는 울면서 지난 일들을 말했다. 산소 아래에서 도적을 만나 변을 당할 뻔했던 일과 시부모님께서 남쪽으로 가서 백빈주에서 사람을 구하라고 지시한 일까지 모두 말했다.

"꿈속에서 시부모님이 자세히 일러 주셨지만 제 마음은 안개 속에 있는 것 같아서 제대로 기억할 수 없었습니다. 여기 계신 묘혜 스님께서 알려 주시지 않았더라면 오늘 상공을 구하지 못했을 것입니다."

한림은 묘혜를 돌아보며 말했다.

"스님께서는 우리를 중매해서 혼인하도록 해 주신 분이 아니오? 그런데 이렇게 우리 두 사람의 목숨까지 건져 주셨으니 은혜를 어찌 갚을지 모르겠소."

묘혜가 대답했다.

"모두 상공과 부인의 복이며 하늘이 도운 것입니다. 제가 무슨 공이 있을까요? 이제 암자로 가는 것이 좋겠습니다."

일행은 모두 암자로 올라갔다.

암자에 이르자 한림이 말했다.

"나는 지금 간신히 죽을 곳에서 목숨만 구했소. 이제 집안은 몰락했고 의지할 곳이 없어요. 그러니 고향으로 돌아가지 않고 무창으로 갈까 하오. 그곳에서 자리를 잡은 후에 조상님의 신주*를 모시고 제사를 지내며 용서를 구할 생각이오. 부인께서 나를 진실로 용서해 준다면 함께 무창으로 떠납시다."

"상공께서 말씀하시는데 제가 어찌 따르지 않겠습니까? 다만 저는 죄를 짓고 쫓겨난 몸입니다. 그러니 다시 상공을 따라나서려면 법도가 필요할 것입니다."

* **신주** 죽은 사람의 이름을 적고 사당이나 절에 두는, 나무로 만든 패.

"부인의 말씀이 옳소. 그것까지 미처 생각하지 못했소. 내가 먼저 고향으로 건너가 사당을 옮겨 온 뒤 예를 갖추어 다시 부인을 맞이하도록 하겠소."

"고맙습니다. 그러나 다시 생각해 보면 상공께서는 지금 매우 곤란한 처지입니다. 동청이 언제 사람을 보내 상공을 해칠지 모릅니다. 그러니 서둘러 고향에서 사당을 옮기고 가족을 모으기보다는 사람들의 눈에 띄지 않게 은밀한 곳에 몸을 숨기고 앞으로의 일을 계획하는 것이 좋겠습니다."

"부인의 말씀이 모두 옳소. 내 그대로 따르겠소. 다만 동청이란 놈이 지금 막 계림에 부임했으니 이 상황을 벗어나기가 쉽지 않을 것이오."

"천하의 일은 변하기 마련입니다. 동청처럼 사악한 자가 오랫동안 버틸 수 있겠습니까? 마음에 여유를 가지고 천천히 기다리시지요. 상공은 우선 무창으로 가세요. 그곳에서 조용히 때를 보시기 바랍니다."

다음 날 아침 묘혜가 배를 준비해 놓았다. 한림과 사씨는 눈물을 흘리며 이별했다. 한림이 무창에 도착하니 뿔뿔이 흩어져 있던 하인들이 먼저 도착해 있었다. 하인들은 한림을 보고 눈물을 흘리며 다시 살아나셨다고 외쳤다.

한편 동청이 보낸 사람들은 동청에게 돌아가 한림을 놓쳤다고 말했다. 동청과 교씨는 다른 사람들을 불러서 계속 한림을 뒤쫓도록 한 뒤 계림으로 향했다.

얼마 후에 동청에게 냉진이 찾아왔다. 그는 서울에 있으면서 도박을 일삼다가 가진 돈을 모두 써 버렸다. 동청은 냉진을 반갑게 맞이한 후 자기 심복*으로 삼았다. 동청은 자기에게 이익이 되는 일이라면 서슴지 않고 행하였다. 그때마다 모두 냉진과 상의했는데, 이들은 돈이 넉넉한 자들에게는 없는 죄를 씌워서 재산을 빼앗았고, 부유한 상인을 독살하여 재산을 약탈했다. 또한 말을 듣지 않는 자들은 무조건 감옥에 가두었다. 계림에는 동청의 악명이 자자했고 남쪽 지방 사람들의 동청에 대한 원성은 하늘을 찔렀다.

그러는 사이에 아들 봉추가 풍토병에 걸려 죽었다. 계림도 남쪽 지방이라서 북쪽에서 살던 봉추는 기후가 맞지 않았던 것이다. 또한 납매도 얼마 안 가서 죽음을 맞이했다. 동청은 어여쁜 납매를 마음에 두고 있다가 임신을 시켰는데 교씨가 이를 참지 못하고 동청이 없는 틈을 타서 납매를 죽여 버린 것이다. 교씨는 동청이 아끼던 납매를 죽여 놓고 병들어 죽었다고 둘러댔다.

그뿐만이 아니었다. 교씨는 동청이 여러 고을의 일을 처리하기 위해 관아를 비울 때면 그 틈을 타서 냉진과 가깝게 지냈다. 그러

* **심복** 마음 놓고 부리거나 일을 맡길 수 있는 사람.

다 마침내 두 사람은 정을 통하게 되었다. 마치 동청이 한림의 집에 있으면서 교씨와 정을 통하던 때와 비슷했다.

동청은 한림을 쫓았으나 끝내 찾을 수 없었다. 한림을 찾지 못한 동청은 마음이 불안하여 엄 승상을 예전보다 더 힘껏 섬겼다. 그러던 중 엄 승상의 생일이 다가왔다. 동청은 냉진을 시켜 십만 냥이나 되는 금은보화를 엄 승상의 생일 선물로 보냈다. 그런데 뇌물을 가지고 올라온 냉진은 뜻밖의 소식을 들었다. 황제가 마침내 엄 승상의 죄를 깨닫고 그를 시골로 추방하고 재산을 모두 몰수한다는 소식이었다. 냉진은 크게 놀라 생각했다.

'세상일은 정말 모르겠군. 엊그제까지 그토록 권세를 누리더니……. 그나저나 이제껏 동청이 엄 승상 덕분에 권세를 누렸는데 이제 엄 승상이 망했으니 동청도 곧 망하겠군. 가만, 그동안 동청이 얼마나 많은 죄를 저질렀나? 이 기회를 이용한다면 어쩌면 출세길이 생길지도 모르겠는걸.'

냉진은 곧바로 궁궐 문으로 가서 신문고를 크게 쳤다. 법관이 나와서 무슨 일이냐고 묻자, 냉진이 대답했다.

"저는 본래 북방 사람으로 일이 있어서 남쪽을 돌아다니다가 우연히 계림을 지나게 되었습니다. 그런데 계림 태수 동청이 법을 어기고 흉악한 일들을 저지르면서 백성을 해치고 재산을 함부로 빼앗았습니다. 황제께 아뢰어 불쌍한 백성들을 구하고자 북을 쳤나이다."

　법관은 냉진의 말을 듣고 몹시 놀라 이를 곧바로 황제에게 전하였다. 그러자 황제가 크게 화를 내고 동청을 붙잡아다 목을 베어버렸다. 그의 재물은 모두 몰수했는데 황금이 삼만 냥에 은이 오십만 냥이나 되었다.

　동청의 아내, 교씨는 관청의 노비가 되었다. 하지만 교씨를 좋아하던 냉진이 관청에 돈을 치르고 교씨를 빼내었다. 태수의 부인으로 살다가 하루아침에 노비가 되었던 교씨는 냉진을 따라나섰다.

　냉진에게는 동청이 엄 승상에게 바치라고 했던 십만 냥이 고스란히 남아 있었다. 또한 교씨가 챙겨 온 패물들이 있어서 그것만 합해도 둘이 평생 편안히 먹고살 만했다. 두 사람은 수레에 온갖 보화를 싣고 산동으로 향했다. 둘은 가는 길에 동창 땅에 이르렀다. 교씨와 냉진은 여행길이 너무 피곤하여 술을 잔뜩 퍼 마시고 잠을 청했다.

　그때 수레를 끌던 사내가 슬그머니 일어났다. 수레꾼은 본래 도적의 무리였다. 그는 수레에 실린 것이 값진 물건인 줄 이미 눈치채고 있었다. 교씨와 냉진이 잠에 곯아떨어지자 그는 자신의 무리와 함께 수레에 든 재물을 모두 훔쳐 달아났다.

　다음 날 아침, 자리에서 일어난 냉진과 교씨는 재물이 사라진 것을 알았다. 수레도 없고 수레꾼은 사라진 지 오래였다. 냉진은

관가에 찾아가 수레꾼을 잡아 달라고 울부짖었으나 끝내 종적을 찾을 수가 없었다.

어느 날 황제는 대신들과 함께 나랏일을 의논하고 있었다.

"엄숭은 자기 죄도 많았지만 그가 추천한 이들도 죄인이었다. 이제 와서 생각하니 엄숭이 추천했던 이들은 모두 소인배이며, 그가 배척했던 자들이 모두 훌륭한 선비일 것이다. 엄숭 때문에 억울하게 죄를 입었던 자들을 당장 불러들여라."

이렇게 되자 조정에는 큰 변화가 일어났다. 엄숭이 추천했던 백여 명의 관리들이 쫓겨나고, 그 대신 엄숭을 비판하다가 쫓겨난 이들이 다시 높은 벼슬을 얻었다. 한림학사 유연수도 이부시랑이라는 벼슬을 받았다. 하지만 한림은 이미 이름을 고치고 숨어서 지내고 있던 까닭에 자신이 벼슬을 받았다는 사실조차 알지 못했다.

때마침 과거 시험을 보는 날이 다가왔다. 사씨 부인의 친정 동생인 사희랑도 과거를 열심히 준비하고 있었다. 처음 사씨가 남쪽으로 떠날 때 사씨는 동생 사희랑에게 남쪽으로 피할 것이라는 뜻을 전했다. 그런 까닭에 사희랑은 누이 사씨가 남쪽으로 가서 두 부인과 두 추관을 만났을 것이고 두 추관이 성도 태수가 된 후로는 그들과 함께 성도로 떠났을 것이라고 생각했다. 그러던 중 사희랑은 두 부인의 아들이 서울에서 부윤 벼슬을 얻었다는 것을 알게 되었다. 사희랑은 누이 사씨가 두 부인과 함께 있다고 생각했기에 뛸

듯이 기뻐하며 서울에 머물면서 과거 시험을 치렀다.

드디어 두 부인과 두 부인의 아들이 서울에 당도했다. 사희랑은 곧바로 두 부윤을 찾아가 누이의 소식을 물었다. 그러나 두 부윤은 눈물을 흘리며 말했다.

"아직 누님의 소식을 모르시는군요. 누님께서 저를 찾아 장사에 오셨는데, 저는 그때 이미 성도의 태수가 되어 떠났기 때문에 뵙지를 못했습니다. 나중에 알아보니 누님께서 물에 빠져 죽었다고도 하고, 아니라고도 해서 아직 생사를 모르고 있지요."

사희랑은 부윤의 말을 듣고 통곡하며 눈물을 흘렸다.

"누님께서는 돌아가신 것입니다. 살아 계신다면 벌써 연락이 닿았겠지요."

"너무 슬퍼하지 마시오. 우리도 유 한림이 어디서 지내는지 알지 못한다오. 함께 두 사람을 찾는 게 어떻소."

그 뒤 과거 시험의 결과가 붙었다. 사희랑은 이등으로 과거에 급제했다. 이어서 남창이라는 곳의 추관으로 임명되었다. 사희랑은 남창이 장사와 가까운 곳이니 그곳에서 누이를 찾아봐야겠다고 생각했다.

한편 한림은 자기를 해치려는 무리를 따돌리기 위해 이름을 바꾸고 무창에서 하인들과 함께 농사를 지으며 살고 있었다. 무창 사람들은 그가 유 한림이라는 사실도 몰랐다. 그러던 어느 날이었다.

전부터 따르던 하인이 급하게 소식을 전했다.

"읍내에 나가 봤는데 글쎄 상공을 찾는 방이 붙어 있었습니다. 제가 사람들에게 물어보니 유 한림이 이부시랑 벼슬에 올랐는데 어디 있는지 몰라서 조성에서 찾고 있다고 했습니다."

한림은 그제야 엄숭이 마침내 권세를 잃었다는 사실을 깨달았다. 그렇지 않다면 자신이 이부시랑이라는 높은 벼슬에 이를 수 없기 때문이었다.

한림은 무창 지역의 태수를 찾아가 자신이 유 한림이라는 것을 밝혔다. 그러자 태수는 깜짝 놀라서 한림을 서울로 모셔 갈 차비를 갖추었다.

한림은 사씨에게 소식을 전하고 행차에 올랐다. 그런데 행차가 마침 남창이라는 고을을 지나게 되었다. 사씨의 동생 사희랑이 추관으로 임명된 바로 그곳이었다. 한림이 남창에 도착하자 사희랑이 맞이하기 위해 나왔다. 뜻밖에 사씨의 동생을 만나게 된 한림은 너무나 반가워 사희랑의 손을 덥석 잡고 반가워했다. 하지만 사희랑의 얼굴은 금방 어두워졌다.

"형님! 누이가 집을 떠난 후로 아직 생사를 알지 못하니 너무나 슬픕니다."

"미안하네. 내가 믿음이 적어서 죄 없는 누이를 쫓아냈네. 자네 얼굴을 보니 참으로 부끄럽기 짝이 없네. 하지만 걱정 마시게. 누이는 살아 있다네. 그리고 내가 서울로 돌아가면 예를 갖추어 다시 혼인할 걸세. 지난날의 내 잘못은 부디 용서해 주구려."

한림의 말을 들은 사희랑은 깜짝 놀라 쓰러졌다가 다시 일어나 한림에게 고마움을 전했다.

"누구인들 한때 잘못을 저지르지 않겠습니까? 다만 고치는 일이 어려울 따름이죠. 매형께서 한때 소인배에게 속으셨지만 이제 크게 깨달으셨으니 진정 군자이십니다."

그 뒤 한림은 서울로 돌아가 황제께 인사를 올렸다.

황제가 말했다.

"그동안 내가 유 시랑에게 잘못한 일이 많소."

유 시랑은 유 한림을 가리켰다. 이제는 이부시랑이라는 벼슬을 얻었으니 황제가 유 시랑이라고 부른 것이다. 유 시랑이 머리를 조아리며 말했다.

"다시 불러 주신 은혜가 이미 하늘과 같습니다. 신하 된 자로서 몸이 부서지도록 충성을 바쳐도 만분의 일도 갚기 어려울 것입니다. 그런데 제가 어리석고 나랏일에서 멀어진 지 오래되어 내려 주신 벼슬은 감당하기 어렵습니다. 바라건대 먼 시골 마을 한 곳을 맡겨 주신다면 백성들을 정성으로 다스리겠나이다."

황제는 처음에는 허락하지 않다가 유 시랑의 말이 진심인 것을 알고 이어서 말했다.

"경의 뜻이 이와 같으니 어쩔 수 없겠소. 그렇다면 강서 지방의 포정사로 일하도록 하시오."

유 시랑은 황제께 인사를 올리고 물러 나왔다.

옛집을 찾아가 보니 건물은 황량하고 뜰은 고요했다. 마루에는 먼지가 가득하고 사당 앞뜰에는 사람 키만큼 풀이 자라 있었다. 시랑은 사당에 나아가 통곡하며 용서를 빌었다. 그리고 고모인 두 부인 댁을 찾아가니 두 부인이 유 시랑을 붙잡고 크게 울면서 말했다.

"우리가 서로 헤어진 지 칠 년이구나. 그동안 사람 일이 이렇게 달라지다니. 내가 죽지 않고 다시 너를 만났으니 어찌 하늘의 뜻이 아니겠느냐?"

"고모님께서 여러 해 동안 집을 떠나 고생하셨을 텐데 건강하신 걸 보니 저도 기쁩니다. 그동안 제가 고모님의 말씀을 듣지 않고 죄 없는 아내를 내쫓았습니다. 참으로 고모님 뵐 면목이 없습니다. 이제는 옛일을 뉘우치고 아내를 다시 불러서 화목한 가정을 이루고자 합니다. 고모님께서도 지난날의 죄를 용서해 주십시오."

두 부인은 깜짝 놀라며 말했다.

"그럼 아직 사씨가 살아 있다는 말이냐? 오, 하늘이 무심하지 않으셨구나."

유 시랑은 그동안의 일들을 모두 두 부인께 전하였다.

"죄 없는 사씨가 그 많은 고초를 겪었구나. 이제는 네가 각별히 조심하고 다시는 그런 잘못을 저지르지 않도록 해라."

유 시랑은 오랫동안 머물 수 없어 두 부인과 작별하고 강서 땅으로 나아갔다. 그 후 유 시랑은 사씨의 동생, 사희랑에게 누님을 모셔 와 달라고 부탁했고, 마침내 사희랑이 사씨와 만나 헤어졌던 남매의 정을 나눌 수 있었다.

사씨는 자기를 돌봐 준 묘혜 스님에게 진심으로 감사를 전하고 유 시랑이 있는 강서로 떠났다.

사씨 일행이 강서로 들어가니 유 시랑이 벌써 강변에서 기다리고 있었다. 금빛 깃발이 봄바람에 휘날리고, 화려한 가마가 준비되어 있었다. 계집종들이 다가가 사씨에게 새로운 의복을 입혔다. 사씨는 새 옷을 입은 후 가마에 올랐다. 나팔과 피리 소리가 울리며 일행을 이끌었다.

새로운 집에 도착한 유 시랑과 사씨는 사당에 올라가 절을 하며 다시 부부가 되었음을 알렸다. 유 시랑은 조상들께 죄를 뉘우치고 부인을 다시 맞이한다는 글을 지어 올렸는데 구절마다 후회가 가득하여 듣는 사람들이 감동하였다. 강서 지방의 관리들이 모두 예물을 바치며 유 시랑 부부가 다시 만난 것을 축하했다.

이제 나쁜 일들은 모두 사라졌다. 집안에서는 그간 고통을 당했던 사씨를 위해서 날마다 잔치가 열렸다. 하지만 사씨는 허전했다. 아들 인아가 함께하지 못한다는 슬픔 때문이었다. 사씨는 집안과 관아에 하인을 보내 두루 알아보았으나 끝내 인아의 종적조차 찾을 수가 없었다.

어느덧 또다시 한 해가 지났다.

어느 날 사씨가 유 시랑에게 조용히 말했다.

"제가 한 가지 드릴 말씀이 있습니다. 상공께서 들어주시겠습니까?"

"부인의 말씀이라면 어찌 따르지 않겠습니까? 말씀해 보세요."

"예전에 제가 사람을 잘못 들여서 집안을 크게 어긋나게 했습니다. 지금도 그 일을 생각하면 두렵기 짝이 없습니다. 그런데 지금 우리 집안에는 자식이 없습니다. 이제 제 나이 마흔을 넘겼으니 다시 아기를 가질 수는 없을 것입니다. 똑같은 실수를 되풀이하는 일은 없을 터이니, 이번엔 성실한 여인을 들여서 자식을 얻도록 하시지요."

"부인의 말씀이라면 따르지 못할 게 없으나 이 일은 결코 따를 수 없습니다. 인아가 살았는지 죽었는지조차 모르는 것도 다 내 잘못 아니오? 그러니 대가 끊기더라도 그런 일은 할 수 없소."

"상공께서는 이 세상에서 가장 큰 불효가 자식을 두지 않는 것이란 말씀을 모르십니까? 유씨 가문에 대를 이어 주지 못하고 어찌 제가 편히 지낼 수 있겠습니까? 조상님들이 걱정하시는 말씀이 귀에 들리는 듯합니다. 상공께서는 어찌 이런 괴로움을 제게 주시나요?"

"하지만 인아가 살아 있을지도 모르잖소? 먼저 인아의 일을 알아본 뒤에 천천히 생각해 봅시다."

유 시랑의 말을 들은 사씨는 생각했다.

'아무래도 인아의 생사를 알지 못하고 지난날 교씨 일을 떠올리면서 행여 덕이 없는 사람을 얻을까 봐 걱정하는 것이야. 하지만 덕이 잘 갖춰진 사람이 있다면 괜찮을 테지. 바로 화용현의 임씨 소녀와 같은 사람 말이지.'

사씨는 유 시랑에게 말을 꺼낼 때 이미 마음속으로 생각해 둔 사람이 있었다. 바로 임씨 소녀 추영이었다.

'임씨 소녀는 교씨와 다른 사람이야. 몸가짐도 단정하고 마음 씀씀이가 얼마나 따뜻했던가? 오갈 데 없던 나를 따뜻하게 맞이해 주지 않았던가? 그리고 임씨 소녀도 평민으로서 상공의 첩이 되는 것은 부끄러운 일이 아닐 거야. 하지만 세월이 흘러서 나이가 찼으니 지금쯤 시집을 갔을 수도 있겠구나.'

마침내 사씨는 자기 뜻을 유 시랑에게 전했다. 그러고는 차환을 보내어 임씨 소녀의 사정을 알아보게 했다. 차환이 돌아와 사씨에게 말하였다.

"임씨 소녀는 어머니가 죽은 뒤로 홀로 지내고 있다고 합니다. 마님의 소식을 전했더니 무척 반가워했습니다."

•

죽은 줄만 알았던 아들이 다시 살아왔으니

그 기쁨은 이루 말할 수가 없었다.

곧이어 유 시랑도 달려와 서로 껴안고 기쁨의 눈물을 흘렸다.

•

교씨는 벌받고, **사씨는** 이름이 널리 알려지다

형주에는 왕삼이라는 상인이 살고 있었다. 그는 배에 물건을 싣고 다니며 장사를 하는 사람이었다. 어느 날 왕삼이 장사할 물건을 배에 싣고 있는데 수풀 속에서 아이 울음소리가 들렸다. 가 보니 서너 살쯤 되는 아이가 있었는데 살결이 옥처럼 맑고, 인물이 뛰어나 보였다. 왕삼은 생각했다.

'옷차림을 보니 보통 아이가 아니야. 귀한 집 도련님 같은데 어쩌다가 부모를 잃었을까? 나는 이미 자식이 많으니 저 아이를 자식 없는 사람에게 팔면 적지 않은 돈을 받을 수 있겠지.'

왕삼은 아이를 안고 배에 올랐다. 하지만 아무도 아이를 데려가려고 하지 않았다. 그러다 무창을 지나가는데 강에 거센 바람이 불

어와 함께 떠났던 배들은 모두 가라앉고 말았다. 왕삼의 배도 돛대가 부러지고 삿대*가 꺾여 쓰러질 지경에 이르렀다. 배는 바람에 이리저리 떠돌다가 화용현에 이르렀다.

빈털터리가 된 왕삼은 아이를 데리고 다니며 여기저기 밥을 얻어 다녔다.

'안 되겠어. 이 아이까지 데리고 다니다가는 고향으로 돌아가는 것도 힘들겠어. 옳지. 저 집에 두고 가야겠군.'

왕삼은 아이를 거둬 줄 사람이 나타나지 않자 어느 집 울타리 밖에 아이를 버려두고 떠났다. 그 집은 바로 임씨 소녀 추영의 집이었다.

임추영이 울음소리를 듣고 밖에 나가자 그곳에 못 보던 아이가 있었다. 추영은 아이를 데리고 집으로 들어갔다. 추영의 새어머니 변씨는 안타까워하며 말했다.

* **삿대** 배를 댈 때나 띄울 때 쓰는 긴 막대.

"올해 심하게 흉년이 들었으니 아마 누군가 아이를 버렸을 거야. 우리 집도 가난하니 아이를 어찌 거둘 수가 있을까 싶구나."

"그렇다고 아이를 어떻게 못 본 척할 수 있겠어요. 어머니께 아들이 없으니 아이를 거두어서 아들로 삼는다면 훗날 제사를 모실 수도 있을 거예요."

변씨는 추영의 말을 따라 아이를 아들로 삼고 길렀다.

변씨가 죽은 후 주위 사람들은 모두 현명하고 아름다운 추영을 아내로 삼고 싶어 했다. 하지만 추영은 허락하지 않았다. 그녀는 오히려 고모인 묘혜 스님을 따라 절에 들어가려 했다. 다만 어린 동생을 키우기 위해 뜻을 펼치지 못한 것뿐이었다. 그래서 추영은 나이가 들도록 시집을 가지 않고 혼자 지내고 있었다.

한편 임추영이 혼인을 하지 않았다는 말을 듣고 사씨는 유 시랑에게 더욱 간절하게 권하였다.

"저는 이미 호되게 당했던 사람입니다. 이번에 말씀드리는 임씨 여인은 성품이 나무랄 데가 없는 사람입니다. 더군다나 우리 부부를 구해 준 묘혜 스님의 조카이기도 하지요. 묘혜 스님의 은혜도 생각하셔야 하지 않겠습니까?"

사씨가 거듭 권하자 결국 유 시랑은 더는 버티지 못하고 부인의 뜻에 따르기로 하였다. 사씨 부인은 다시 차환을 임추영에게 보냈다. 차환을 만난 추영이 말했다.

"상공과 부인께서 저를 좋게 생각하시어 첩으로 삼으려 하시다니 참으로 영광입니다. 그러나 저는 아직 상중이고, 게다가 어린 남동생이 하나 있어서 마음에 걸립니다."

"그런 일은 상공과 부인께서 알아서 처리해 주실 것입니다. 그런데 남동생이 있다니 나이가 어찌 됩니까?"

추영은 아이를 거둬 길렀다는 말을 하지 않고 이렇게 말했다.

"계모가 낳은 자식으로 나이는 올해 열두 살입니다. 지난날 오셨을 때 마침 다른 곳에 있어서 보지 못하셨을 것입니다."

마침 그때 갑자기 한 아이가 집으로 뛰쳐 들어왔다. 얼굴이 그림을 그린 것처럼 아름답고 모습이 준수해서 시골 아이들과는 달라 보였다. 차환은 아이를 유심히 보고 돌아왔다.

차환은 추영과 나눈 이야기를 유 시랑과 사씨에게 전하였다.

사씨가 말했다.

"어린 동생을 데려오는 것은 아무 문제가 안 될 것입니다."

그러자 차환은 또다시 말을 이었다.

"제가 마침 임씨의 어린 동생을 보고 왔는데 인아 도련님과 너무 닮아서 슬픔을 이기지 못했습니다. 게다가 아이의 나이가 도련님과 똑같았습니다."

"그렇구나. 죽었든 살았든 인아는 북쪽 땅에 있을 거야. 어떻게 그 먼 곳에서 이곳까지 왔겠느냐. 게다가 세월이 이미 많이 지났으니 살아 만나더라도 알아보기 어렵겠지. 인아 생각이 나니 다시 마음이 슬프구나."

마침내 시랑이 좋은 날을 잡아 임씨를 집으로 데려왔다. 임씨는 사씨의 기대에 전혀 어긋나지 않았다. 유 시랑도 예전과 달리 모든 일에 조심했다.

임씨가 온 지 얼마 안 되어 인아의 유모가 임씨의 방에 찾아왔다. 그러면서 인아 이야기를 건넸다.

"저는 예전에 인아 도련님을 키우던 유모입니다. 그런데 지난번에 차환이 낭자의 동생이 인아 도련님과 비슷하다고 하더라고요. 그래서 한번 뵐 수 있었으면 좋겠습니다. 인아 도련님에 대한 그리움도 달래고요."

임씨는 이 말을 듣고 깜짝 놀라 말했다.

"도련님을 어디서 잃어버렸나요?"

"북경 순천부 호타하강에서 잃었습니다."

임씨는 생각했다.

'호타하라면 우리 집에서 먼 곳이지만 뱃길이 통하는 곳이니 이 아이가 인아가 아니라는 법도 없겠는데. 게다가 아이가 배를 타고 왔다고 하지 않았던가?'

임씨는 즉시 하인을 시켜 동생을 불러오게 했다. 그때까지 동생은 집 밖의 별채에서 따로 지내게 해서 식구들 중에 그 아이를 제대로 본 사람은 차환밖에는 없었다. 아이는 유모를 보자 오래전에 알던 사람처럼 뚫어지게 바라보았다.

"정말 잃어버렸다는 도련님과 비슷한가요?"

"그렇습니다. 인아 도련님은 할아버지를 닮아서 이마 위에 뼈가 튀어나와 특이한데 이 아이도 이마에 뼈가 있으니 똑 닮았습니다."

"아니 어떻게 이런 일이? 참으로 이상한 일이군요. 사실 이 아이는 어머니가 낳은 자식이 아닙니다. 칠 년 전에 누군가 우리 집 울타리 앞에 아이를 버려두어서 저희가 거두어 길렀던 것이죠. 아이의 모습이 닮았다면 혹시 이 아이가?"

그때 아이가 '인아'라는 이름을 듣고 머뭇거리다가 유모에게 달려와 소리쳤다.

"유모! 유모! 유모가 맞지? 어릴 때 유모가 나를 인아 도련님이라고 부르던 생각이 나요. 집에서 떠나던 날, 유모가 나를 떼어 놓지를 못해서 길에서 울던 모습을 아직도 똑똑히 기억하고 있어요. 내가 어찌 유모를 모르겠어요."

유모는 곧장 인아를 껴안고 통곡하며 말했다.

"인아 도련님이시군요. 정말 인아 도련님이세요. 헤어지던 때도 이렇게 잘 기억하시다니."

임씨도 눈시울이 붉어지며 말했다.

"이 아이가 처음 집에 왔을 때 자기는 부귀한 집에서 살았다는

말을 여러 번 했었죠. 또 물가 갈대숲에 버려진 뒤에 장사꾼의 배를 탔던 일도 말했어요. 하지만 상공의 아드님이라고는 미처 생각할 수가 없었습니다."

이 소식을 듣자 사씨가 임씨의 방으로 달려왔다. 죽은 줄만 알았던 아들이 다시 살아났으니 그 기쁨은 이루 말할 수가 없었다. 곧이어 유 시랑도 달려와 서로 껴안고 기쁨의 눈물을 흘렸다. 유 시랑은 임씨를 불러서 어떻게 된 사정인지 자세히 들었다.

"자네가 우리 집 은인일세. 잃어버린 아들을 찾아 주었으니 이런 은혜가 어디 있는가? 앞으로 그대를 마음을 다해 대하겠네."

이후로 사씨와 임씨는 의좋은 자매처럼 정겹게 지냈다. 이 일이 알려지자 강서 지역의 많은 사람들이 찾아와 축하를 하고 선물을 가져왔다. 유 시랑은 직접 선물을 살펴본 후에 지나친 것은 모두 돌려보내었다. 그런데 선물 중에 한 가지 이상한 게 있었다. 바로 한 쌍의 옥가락지로, 설매가 훔쳐 냈던 그 옥가락지였던 것이다.

유 시랑은 선물을 보낸 남풍 현령에게 조용히 물었다.

"보내 주신 옥가락지는 본래 우리 집에서 대대로 전해지던 것으로 십여 년 전에 잃어버렸던 물건입니다. 혹시 현령께서는 이 물건을 어디에서 얻으셨는지요?"

"한 여인이 싼값에 팔기에 사 둔 것인데 귀한 물건 같아서 유 시랑께 선물로 드린 것입니다."

"혹시 그 여인을 알아봐 주실 수 있겠소?"

남풍 현령은 돌아가 옥가락지를 판 여인을 잡아 오게 했다.

"네가 지난번에 옥가락지를 내게 팔았지? 그 물건을 대체 어디서 구했느냐? 이건 원래 나라의 보물이다. 어떻게 해서 네가 갖게 되었는지 바른대로 말하라. 그렇지 않으면 당장 밧줄에 묶어서 서울로 보낼 것이다."

여인이 벌벌 떨며 말했다.

"죽은 제 남편은 수레꾼이었습니다. 어느 날인가 금은보화를 싣고 돌아왔더라고요. 깜짝 놀라서 물어보니 남편이 냉진이라는 놈이 보물을 잔뜩 싣고 산동으로 가자고 했더랍니다. 그런데 냉진이라는 놈 하는 짓을 보니 누군가에게 물건을 훔친 것이 분명해 보였답니다. 그래서 어차피 도둑질한 물건이니 빼앗아도 탈이 없을 것 같아 냉진이 취한 틈을 타서 가져왔다고 했습니다. 그런데 냉진이라는 놈이 동창에서 도적을 찾고 있더라고요. 그래서 저희는 그곳을 피해 여기에 와서 살게 되었습니다. 제 남편도 도둑질을 한 것이지만 나라의 보물을 훔친 것은 냉진이라는 놈이지요."

이 말을 전해 들은 유 시랑은 생각했다.

'냉진? 냉진이라면 설매가 예전에 말했던 놈일 게야. 언젠가 동창에서 한 젊은이가 옥가락지를 가진 걸 보았었지. 그놈이 바로 냉진이겠지.'

유 시랑은 머리 좋은 하인들을 동창으로 보내어 냉진이 어디 있는지 알아보라고 시켰다.

한편 교씨와 냉진은 동창에 머물고 있었다. 둘은 이미 빈털터리가 되어서 굶기를 밥 먹듯 했고 날이 추워도 불을 때지 못했다. 교씨는 날마다 냉진에게 욕을 퍼부었다.

"나는 한림학사 유연수의 부인도 지내고 계림 태수의 안사람도 지냈어. 그런데 너를 따르고부터는 거지꼴이 되었어. 이렇게 가난할 바에야 차라리 죽는 게 낫겠다."

냉진은 재물을 찾지도 못하고 날마다 교씨의 원망과 욕설을 듣자 집에 들어가기가 싫었다. 그러다가 돈 많은 젊은 청년 왕씨를 알게 되었는데, 이때부터 냉진은 왕씨와 함께 술집과 도박판을 드나들었다. 그러면서 왕씨의 재산을 탕진시켰다. 왕씨가 재산을 축내자 왕씨의 외숙이 이를 이상하게 여겨 살펴보니 냉진이 조카를 못된 길로 빠지게 해서 몸을 망치게 하고 있다는 것을 알았다. 이에 조카를 크게 꾸짖은 뒤 냉진을 잡아 오게 하였다. 그리고 곤장백 대를 쳐서 수레에 실어 집으로 보내었다. 얼마 뒤 냉진은 몇 달을 시름시름 앓더니 끝내 죽어 버렸다.

교씨는 다시 오갈 곳이 없어졌다. 그러나 교씨는 여전히 아름다웠다. 이때 한 여인이 교씨에게 다가와 말했다.

"나를 따라오면 한평생 부귀를 얻을 수 있지. 무엇 때문에 이렇게 고생하며 살아가고 있는가?"

그 여인은 서주에 사는 기생들의 우두머리였다. 교씨는 여자를 따라가서 기생이 되었다. 교씨는 비록 나이가 많았지만 아름다움이 시들지 않았고 거문고도 잘 타고 노래도 잘 불렀기 때문에 서주 고을에서 크게 소문이 났다. 사람들은 교씨를 조칠랑이라 불렀다.

유 시랑의 하인들이 냉진을 찾으러 동창으로 떠난 때가 바로 그때였다. 동창 사람들은 냉진이 곤장을 맞고 이미 죽었노라고 전해 주었다. 그러나 남은 가족이 없다는 말에 하인들은 발길을 돌릴 수밖에 없었다.

하인들은 돌아오는 길에 날이 어두워져 서주의 한 주막에 들어갔다. 마침 건너편 누각에서 어떤 여자가 음악을 연주할 준비를 하고 있었다. 자세히 보니 교씨가 틀림없었다.

하인들은 놀라서 주막 주인에게 물어보았다.

"저 누각에 있는 아리따운 여인은 누구요?"

"이곳의 명창 조칠랑이지요."

"조칠랑? 본래 이름이오? 그리고 이곳 사람이오? 아니면 다른 곳에서 왔나?"

"기생이 자기 이름을 쓰는 걸 봤소? 본래는 교씨라고 하던데 동창에서 온 사람이오."

하인들은 유 시랑에게 돌아가 냉진이 죽었다고 전했다. 그리고

서주의 기생집에서 교씨를 본 일도 이야기했다.

"못된 짓만 골라 하더니 결국에는 천한 기생이 되었구나. 내가 그 여자를 꼭 잡아다 죽이고 말리라."

유 시랑이 이렇게 말하자 사씨가 옆에서 말리며 말했다.

"교씨의 죄는 죽어 마땅합니다. 하지만 이제 기생이 되었다니 이미 벌을 받은 것이나 다름없습니다. 상공께서 옛일을 들춰내시면 집안의 더러운 행실을 다른 사람들이 알게 될 것입니다. 그러니 참으십시오."

유 시랑은 사씨의 말이 옳다고 여겼다. 하지만 그녀를 죽여야겠다는 생각은 변함없었다.

세월이 흘러 다시 3년이 지나갔다. 그동안 유 시랑은 강서 지역을 잘 다스려 백성들의 많은 존경을 받았다. 이 일은 서울에까지 전해져 황제가 매우 기뻐하며 유 시랑에게 예부상서라는 높은 벼슬을 주었다. 유 시랑이 유 상서가 된 것이다.

유 상서는 일행을 이끌고 서울로 출발했다. 길을 떠난 지 얼마 후 일행은 서주를 지나치게 되었다. 그곳은 교씨가 있는 곳이었다. 유 상서는 교씨의 소식이 궁금하여 하인을 따로 보내 알아보게 하였다. 조칠랑이 교씨가 틀림없었다. 그러자 유 상서는 중매쟁이를 불러 교씨에게 찾아가 전할 말을 일러 주었다.

중매쟁이가 교씨를 찾아가 말했다.

"지금 예부상서께서 서울로 올라가는 길에 이곳을 지나고 계신다네. 그런데 이곳에서 자네 소문을 듣고 첩으로 삼고 싶어 나에게 분부하셨지. 예부상서는 아주 높은 벼슬일세. 더군다나 상서께서는 나이도 이제 갓 마흔이라네. 내가 그 집 노비에게 들어 보니 부인이 계시긴 하나 병이 들어 집안을 다스릴 수 없다고 하더군. 자네가 만약 그 집에 들어간다면 비록 첩이지만 부인이나 다름없을 걸세. 자네 생각은 어떤가?"

교씨는 망설일 까닭이 없었다.

'이곳에 있으면 먹고사는 데 걱정은 없지만 내 나이가 이미 적지 않으니 남은 일생을 편안하게 지낼 곳으로 상서의 첩만 한 게 있을까?'

교씨는 중매쟁이에게 가겠노라고 대답했다. 그러자 매파가 말했다.

"지금 상공께서는 부인과 함께 있으니 자네를 바로 데려가기가 어렵다고 하시네. 그러니 하루 동안 이곳에 머물렀다가 따라오라고 하시네."

교씨는 알겠노라고 대답했다.

다음 날 교씨에게 화려한 가마가 보내졌다. 교씨는 곱게 단장을 하고 가마에 올랐다.

유 상서와 사씨는 이미 서울에 도착해 있었다. 유 상서는 친족들을 모아 잔치를 벌이며 두 부인을 모셔 왔다. 마침내 사씨가 두 부인을 12년 만에 만났다. 기쁨과 슬픔이 한데 뒤섞여 두 사람은 한동안 말을 잇지 못했다.

마음이 진정되자 사씨는 임씨를 불러 두 부인께 인사시켰다.

"임씨는 제가 예전부터 알고 지낸 사람입니다. 마음이 넓고 어질어 이전 사람과는 전혀 다르지요. 고모님께서는 잘못이라고 생각하지 마십시오."

"사람이 어질다니 다행이지만 언제나 조심하도록 하게."

그리고 두 부인은 임씨에게 인아의 일을 고마워했다. 그때 유상서가 얼굴에 웃음을 띠고 말했다.

"임씨만 데려온 게 아닙니다. 이번에 서울에 오면서 아리따운 여인 한 사람을 얻어서 데려왔습니다. 고모님도 한번 보시지요."

두 부인의 표정은 확 달라졌다. '이 사람이 대체 어쩌려고 이러나?' 하는 표정이었다.

유 상서는 하인들에게 말했다.

"가서 조칠랑을 데려오도록 하여라."

교씨는 이때 이미 서울에 도착하여 상서의 집 근처에 머물고 있었다. 하인들이 교씨를 가마에 태우고 유 상서의 집으로 들어가려 하자 교씨는 깜짝 놀라 가마를 세웠다.

"아니 이곳은 유 한림의 집이 아니더냐? 너희가 착각을 한 게로구나."

그러자 미리 입을 맞춘 하인이 대답했다.

"유 한림이 귀양을 떠난 후에 우리 예부상서께서 이 집을 사셨습니다."

"그래? 참으로 내가 이 집과 인연이 깊구나. 이제 다시 백자당에서 지내야겠다."

교씨가 가마에서 내리자 시녀들이 교씨를 대청 앞으로 인도했다. 그리고 교씨의 얼굴 가리개를 들어 올리며 말했다.

"상공과 부인께서 기다리고 계셨습니다. 절을 올리시지요."

교씨는 고개를 들었다. 그랬더니 그곳에 유 상서와 사씨, 그리고 두 부인이 앉아 있었다. 좌우에 앉아 있는 이들도 모두 유씨 집안 친족들이었다. 교씨는 깜짝 놀라 땅바닥에 털썩 엎드렸다. 머리를 들 수 없었고 목숨만 살려 주기를 바랐다.

"네가 네 죄를 알고 있느냐?"

"어찌 제가 제 죄를 모르겠습니까? 제 머리카락을 뽑은들 첩의 죄를 다 헤아릴 수 없을 것입니다. 죽어도 다 갚지 못할 것입니다. 하지만 옛정을 생각하시어 목숨만은 살려 주십시오."

"네 죄는 한둘이 아니다. 큰 것만 헤아려도 열두 가지다.

첫째는 부인이 너에게 좋은 뜻으로 충고한 것을 부풀려 내게 거짓말을 한 죄다. 음란한 노래를 부르지 말라고 한 것을 어찌 그렇

게 받아들였던 것이냐? 둘째는 이십랑과 짜고 해괴한 짓을 한 것
이고, 셋째는 납매를 시켜 동청과 정을 통하게 하고, 그들과 한패
를 이룬 것이다. 넷째는 스스로 흉악한 글을 써 놓고 그 죄를 부인
에게 뒤집어씌운 것이고, 다섯째는 스스로 동청과 정을 통해 가문
을 더럽힌 일이다. 여섯째는 옥가락지를 훔쳐 내어 부인을 모함한

것이며, 일곱째는 아들 장주를 죽이고 그 죄를 부인에게 덮어씌운 것이다. 여덟째는 도적들을 보내 부인을 해치려고 한 일이고, 아홉째는 동청과 짜고 나를 엄숭에게 모함한 것이다. 열 번째는 우리 집안의 재산을 훔쳐서 동청과 도망간 일이고, 열한 번째는 내 아들 인아를 물에 빠뜨려 죽이려고 한 짓이다. 그리고 열두 번째는 장사에서 도적들을 보내어 나를 죽이려고 한 것이다.

네가 이러고도 살기를 바란다는 말이냐?"

"송구하지만 장주를 죽인 것은 납매이고, 옥가락지를 훔쳐 내고 상공을 모함하며 도적을 보낸 일은 모두 동청이 저지른 일입니다. 저는 그저 상공의 사랑을 받고자 했을 따름입니다."

교씨는 말을 이으며 사씨에게 애걸하듯이 말했다.

"제가 비록 부인을 저버렸지만 부인께서는 너그러운 마음을 베풀어 제 목숨을 구해 주십시오. 제발 간청드립니다."

사씨가 대답했다.

"잘 들어라. 내게 지은 죄는 용서할 수 있다만 상공과 유씨 가문에 지은 죄는 나 역시 구하기가 어렵다."

"제가 비천하게 살다 보니 마음속에 한을 품어 이렇게 된 것입니다. 제발 상공께서는 이 점을 헤아려 주십시오."

그러나 유 상서의 마음은 변함이 없었다. 유 상서가 큰 소리로 명령하자 하인들이 교씨를 결박하고 그 목숨을 거두었다.

교씨가 숨을 거두자 유 상서는 교씨의 시신을 들에 내다 버리라고 명령했다. 무덤이 있어야만 저세상으로 갈 수 있다고 생각했던 사람들에게 이는 죽음보다도 더한 형벌이었다. 그러자 사씨가 나섰다. 비록 죄인이지만 한때 상공을 모셨던 사람이고 이미 죽어 버렸으니 관용을 베풀어 달라고 부탁했다. 사씨가 거듭 부탁하자 유 상서는 교씨를 양지바른 곳에 묻어 주도록 했다.

얼마 후 사씨는 자기를 위해서 무고하게 죽어 간 춘방을 떠올렸다. 아무렇게나 묻혀 있던 춘방의 뼈를 다시 찾아 새로 무덤을 만들고 제사를 지내 주었다.

그 뒤로 모든 일이 잘되었다. 임씨는 유씨 집안에 들어온 후로 어질다는 명성을 얻었고 십 년 동안 아들 셋을 낳았다. 사씨는 임씨가 낳은 자식들도 인아처럼 사랑해 주었다. 그 후 사씨는 '열녀 이야기'와 '여자를 가르치는 글'을 지어 세상에 전했다. 이 책으로 사씨는 훗날 유 상서보다 이름이 더 널리 알려졌다.

네 아들은 모두 과거에 급제하여 높은 벼슬에 올랐다. 네 며느리들도 모두 어질어서 시어머니의 가르침을 잘 따라 유씨 집안은 세상에서 이름난 가문이 되었다.

유 상서와 사씨는 팔십에 이르러서 함께 세상을 떠났다.

사
씨
남
정
기

물음표로
따라가는
인문학 교실

고전으로 인문학 하기

고전을 읽으며 생겨나는 여러 질문에 답하며,
배경지식을 얻고 인문학적 감수성을 키워요.

고전으로 토론하기

고전을 다양한 시각으로 바라보며,
다르게 생각하는 힘을 길러요.

고전과 함께 읽기

함께 소개하는 다양한 작품을 통해,
인문학적 사고의 폭을 넓혀요.

고전으로 인문학 하기

● 김만중은 왜 《사씨남정기》를 썼을까?

《사씨남정기》는 조선 후기의 대표적 문신인 서포 김만중 (1637~1692)이 지은 소설입니다. 김만중은 소설 《구운몽》의 작가로 도 잘 알려져 있지요. 김만중은 이름 있는 가문에서 태어났는데, 그의 아버지 김익겸은 나라를 위해 목숨을 바친 인물이었습니다. 그때 윤씨 부인의 배 속에는 김만중이 자라고 있었고, 큰아들 김만 기는 아주 어렸어요.

　남편을 잃은 윤씨 부인은 삯바느질을 하며 홀로 두 아들을 키웠습니다. 두 아들은 모두 과거에 급제하여 관직에 올랐지요. 아버지 없이 자랐지만 김만중은 어머니의 희생과 사랑 덕분에 훗날 대사헌, 공조 판서, 홍문관 대제학에 이르기까지 중요한 관직을 두루 거친 인물이 되었습니다. 또한 《구운몽》, 《사씨남정기》 등 조선 시대에 가장 인기 있는 소설도 남겼지요.

　여기서 한 가지 이상한 점은 김만중이 살던 시대에는 양반들이 소설을 아주 천하게 여겼는데, 김만중은 소설을 썼다는 것이에요. 소설은 한자로 '小說', 즉 작은 이야기, 보잘것없는 이야기라는 뜻입니다. 선비들은 실제 있었던 사실이 아닌 이야기를 진실성이 없고, 오로지 재미만을 위한 허무맹랑한 글이라고 여겼지요. 이런 까닭에 양반들은 소설을 잘 쓰려고 하지 않았어요.

　그런데 김만중은 무슨 까닭으로 소설을 썼던 것일까요?

　가장 먼저 김만중은 글을 쓰는 태도가 다른 선비들과 차이가 있었어요. 당시 사대부들은 대체로 한문을 높이 여기고 우리말과 글은 천하게 여기는 경향이 있었어요. 그런데 김만중은 이렇게 글을 쓰는 분위기를 비판했지요. 그는 《서포만필》에서 이렇게 말했어요.

> 지금 우리나라의 시와 글은 자기 말을 버리고 다른 나라 말을 배워서 표현한 것이니, 설사 아주 비슷하다고 해도 이것은 단지 앵무새가 사람의 말을 하는 것이나 같다. 동네 골목길에서 나무꾼이나 물 긷는 아낙네들이 '에야디야' 하며 서로 주고받는 노래가 비록 수준이 낮다고 해도 참된 가치를 따진다면, 사대부들이 짓는 시와 글보다 더 낫다.

자, 어째서 김만중이 소설을 썼는지 짐작이 가나요? 우선 김만중은 형식을 중요하게 여기지 않았고, 사람의 마음을 잘 드러내 줄 수 있는 글을 더 가치 있게 생각했어요. 비록 양반들이 무시하는 길거리의 노랫소리라고 해도 그것이 오히려 진실하다고 여겼죠. 마찬가지로 양반들이 소설을 천하게 여길지 모르나 김만중은 오히려 소설이 진실을 표현하기에 더 적합하다고 느꼈을 거예요. 그리고 이런 자신의 생각을 글로 써서 적극적으로 실천했지요. 《구운몽》과 《사씨남정기》는 진실한 글쓰기에 대한 김만중의 고민이 반영된 작품입니다. 두 작품 모두 한글로 지었던 것도 이런 까닭이지요.

김만중이 소설을 썼던 까닭은 한 가지 더 있습니다. 바로 어머니를 위해서랍니다. 소설 《구운몽》과 《사씨남정기》는 모두 유배지에서 쓴 소설이에요. 조선 시대에 죄를 짓거나 권력을 빼앗긴 이

들은 자신이 살던 곳을 떠나 먼 곳으로 유배를 가야 했어요. 김만중도 권력을 잃고 유배를 갔던 적이 있었죠. 그는 유배지로 떠나며 어머니를 걱정했어요. 죄인이 되어 귀양 가는 자기 때문에 어머니의 마음이 편치 않을 기라고 긱징했죠. 그래서 생각한 게 소설 쓰기였습니다. 어머니가 가장 좋아하고 즐겼던 것이 바로 이야기책 읽기였기 때문이죠. 김만중과 같은 시대를 살았던 이재라는 문신은 그가 유배지에서 어머니를 위로하기 위해 《구운몽》을 썼다고 기록으로 남겨 놓기도 했지요. 《사씨남정기》도 같은 맥락에서 지어졌을 거예요. 글 읽기를 좋아하던 어머니를 기쁘게 해 드리려는 의도에서 소설을 쓴 것입니다.

● 사씨의 모델이 인현 왕후일까?

김만중이 《사씨남정기》를 쓴 까닭에는 한 가지가 더 있습니다. 그것은 바로 이 소설이 정치적인 문제를 다루고 있다는 사실이에요.

김만중이 살았던 시대는 숙종이 다스리던 때였어요. 숙종은 선왕인 현종이 갑자기 세상을 떠나 열세 살 어린 나이에 임금이 되었어요. 어린 임금은 힘이 없었고 오히려 신하들의 힘이 더 강력했지요. 그런데 당시 신하들은 서인과 남인으로 나뉘어서 권력을 두고 경쟁을 벌이고 있었어요. 나이는 어렸지만 영특했던 숙종은 서인과 남인을 경쟁시키며 왕권을 강화해 나갔지요. 권력을 잡은 이들이 지나치게 강력해지면 다른 세력에게 권력을 넘겨 버리는 방법을 썼답니다.

숙종은 초기에 남인의 세력이 커지자 역모* 사건을 터트려 서인이 집권하게 했고, 그 뒤 서인의 힘이 너무 강해지자 또다시 남인에게 권력을 주었습니다. 그러나 남인이 되찾은 권력은 오래가지 못했고 또다시 서인이 권력을 잡았지요. 이처럼 집권 세력을 갑자기 바꾸는 것을 '환국(換局)'이라고 했는데, 환국이 자주 있다 보니 숙종 시대를 환국 정치기라고 말할 정도였어요.

---

* **역모** 반역을 꾀함. 또는 그런 일.

김만중은 서인에 속해 있던 사람이었어요. 그의 형 김만기의 딸이자 김만중의 조카는 숙종의 첫 번째 왕후인 인경 왕후였죠. 그런데 인경 왕후는 병에 걸려 이른 나이에 세상을 떴어요. 그 뒤를 이어 왕후에 오른 이가 민유중의 딸, 인현 왕후이지요. 민유중도 서인에 속한 사람이었어요.

앞에서 밝힌 것처럼 숙종은 특정 세력이 정치적으로 너무 힘이 커지는 것을 원하지 않았어요. 서인 세력이 왕후 자리를 차지하자 숙종은 서인을 경계하기로 마음먹었죠. 마침 그때 남인과 친분이 두터운 장옥정이 궁에 들어왔어요. 한때 궁에 머물면서 숙종의 사랑을 받기도 했지만 행실이 방자하다고 하여 왕대비에게 쫓겨났던 인물이었죠. 그런데 당시 인현 왕후가 임금의 은혜를 입은 궁녀를 오랫동안 밖에 둘 수 없다고 해서 궁궐로 불러온 것입니다. 얼마 지나지 않아 장옥정은 숙종의 사랑을 받고 아들을 낳았어요. 숙종은 서둘러 장옥정에게서 낳은 아들을 원자*로 삼고, 장옥정을 희빈으로 삼으려 했어요. 이렇게 해서 당시 서인들에게 쏠려 있는 권력을 견제하려 했죠.

▲ 장옥정이 왕후에 오르는 모습.
　드라마 〈장옥정, 사랑에 살다〉

* **원자** 아직 왕세자에 책봉되지 아니한 임금의 맏아들.

그러나 서인들은 숙종의 결정을 따를 수 없다고 맞섰어요. 왕과 왕후가 젊으니 언제든 왕자를 낳을 수 있다고 주장했지요. 하지만 숙종은 자신의 결정에 맞서는 서인들의 말을 듣지 않았어요. 오히려 서인들의 권력을 완전히 빼앗아 버렸지요. 서인을 이끌던 송시열에게는 사약을 내렸고 서인에 속한 다른 신하들도 멀리 귀양을 보냈어요. 이때 서인에 속했던 인현 왕후도 투기를 했다는 이유로 왕후의 지위를 빼앗겨 버렸죠. 그리고 장옥정이 왕후에 올랐어요. 이 사건이 바로 기사환국이지요. 이때 서인에 속해 있던 김만중도 남해의 노도라는 작은 섬에 유배를 갔습니다.

배를 두 번이나 갈아타야만 올 수 있는 외딴섬, 노도. 집 주변은 울타리로 막혀 있어 김만중이 할 수 있는 일은 글을 쓰는 것 말고는 없었어요. 그래서 그는 어머니를 위해 재미있는 이야기를 썼을 거예요. 그리고 이왕에 쓰는 거라면 뭔가 의미 있는 글을 써야 한다고 생각했겠죠. 임금이 장옥정과 남인 세력에게 사로잡혀 정치를 그르치고 있으니, 이를 바로잡는 글을 써야겠다고 마음먹었겠죠?

▲ 남해의 노도 ⓒ 한국관광공사

김만중은 왕실에서 벌어진 잘못된 일을 바로잡고 싶었을 거예요. 훌륭한 인품과 덕성을 갖췄지만 억울한 누명으로 궁궐에서 쫓겨난 인현 왕후, 아름답지만 온갖 악행을 서슴지 않는 장옥정, 그리고 장옥정에게 휘둘려 판단력이 흐려진 숙종의 이야기를 소설로 쓴다면 언젠가 임금께서 글을 읽고 어진 마음을 되찾으실 거라고 생각했겠지요?

실제로 《사씨남정기》의 인물은 역사 속의 인물과 매우 잘 대응을 이루고 있습니다. 인현 왕후는 사씨, 장옥정은 교씨, 숙종은 유연수에 해당한다고 할 수 있어요. 사씨가 교씨를 부른 것과 인현 왕후가 장옥정을 궁궐로 불러들인 일이 똑같고, 사씨가 내쫓기고 인현 왕후가 폐비가 된 것도 다르지 않지요. 인현 왕후가 사씨의 모델이었다고 볼 수 있답니다.

인현 왕후 → 사씨

장옥정 → 교씨

숙종 → 유연수

이렇게 보면 《사씨남정기》는 단순히 어머니를 즐겁게 해 드리려는 소설을 넘어서, 당시 정치 현실을 이야기로 빗대어 임금에게 자신의 주장을 펼친 것이라고 할 수 있어요. 억울한 누명으로 쫓겨난 서인들을 다시 부르고 간악한 장옥정을 내쫓고 인현 왕후를 복위시켜야 한다는 정치적 주장을 펼친 것이죠. 《사씨남정기》는 단순한 소설이 아니라 정치적인 목적도 담고 있었답니다.

그 뒤 김만중은 유배지 노도에서 병으로 죽음을 맞이합니다. 그런데 《사씨남정기》를 숙종이 읽었던 것일까요? 김만중이 죽은 지 2년 뒤에 갑술환국이 일어나 인현 왕후는 정말로 복위되었고 인현 왕후 복위에 반대하던 남인들은 사약을 받거나 쫓겨나고 서인들이 다시 권력을 잡았죠. 장옥정은 희빈으로 낮아졌다가 훗날 인현 왕후를 저주한 죄로 사약을 받아 죽임을 당하지요. 흥미롭게도 《사씨남정기》의 결말과 비슷한 일이 실제로 일어났답니다.

● 첩은 어째서 존재했던 것일까?

《사씨남정기》는 주인공 사씨가 남쪽으로 쫓겨나 떠돌게 된 사연을 기록하고 있습니다. 그런데 이야기를 읽다 보면 사씨가 떠돌고 있는 지역이 우리나라가 아니에요. 《사씨남정기》는 중국 명나라 때를 배경으로 하고 있답니다. 그렇다면 《사씨남정기》는 중국 이야기일까요? 그렇지는 않습니다. 배경만 중국일 뿐, 소설의 내용은 김만중이 살았던 조선 후기의 사회 현실을 담고 있어요. 작품을 창작할 당시에 중국은 문화적 중심이었고, 그렇기 때문에 중국을 배경으로 설정했을 뿐이지요.

소설 전반부는 주인공 사씨가 유연수와 혼인하고, 아이를 낳지 못해서 교씨라는 여자를 첩으로 들였다가 교씨의 모함으로 집안에서 쫓겨나는 이야기로 되어 있어요. 그리고 후반부에는 사씨가 남쪽에서 온갖 고된 일을 겪다가 마침내 유연수를 다시 만나 교씨를 처단하고 행복하게 살아간다는 이야기이지요. 이른바 처와 첩 사이의 갈등을 그리고 있어요.

조선 시대의 혼인 제도는 공식적으로 일부일처제였어요. 하지만 첩은 둘 수 있었어요. 본처는 반드시 한 명이어야 하지만 첩은 여러 명이 있어도 문제가 없었지요. 첩은 정식 아내가 아니에요. 그런 까닭에 지위가 낮았어요. 첩에게서 얻은 자식도 '서얼'이라 하여 사회적인 차별까지 받았지요.

그렇다면 어째서 조선 시대에는 아내가 있는데도 첩을 인정해 준 것일까요? 《사씨남정기》에서는 첩을 맞이할 수밖에 없던 이유를 가문의 대를 잇기 위해서라고 밝히고 있어요. 소설 속에서 사씨 부인은 결혼한 지 십 년 가까이 되어도 아이가 없자 가문을 이어야 한다며 스스로 교씨를 첩으로 들였지요.

그런데 뭔가 이상합니다. 당시 사대부들은 첩에게서 얻은 자식을 신분적으로 차별했어요. 첩의 자식은 과거 시험도 제대로 볼 수 없었고 관직에도 나아갈 수 없었지요. 그러므로 첩에게서 낳은 아들로 대를 잇게 하는 일은 그다지 많지 않았을 거예요. 오히려 사대부들은 조카를 양자로 삼아서 대를 잇게 했어요. 따라서 대를 이으려고 어쩔 수 없이 첩을 들였다는 주장은 설득력이 떨어집니다.

그렇다면 첩을 허용했던 진짜 이유는 무엇일까요? 우리나라의 결혼 제도를 살펴보면 조선 시대 이전부터 한 남자가 여러 명의 부인을 두는 일은 자주 있었어요. 일부다처제는 노동력이나 군사력을 확보하기 위해 자연적으로 만들어졌을 거라고 보기도 하지요. 한 남자가 여러 명의 아내를 두면, 아이가 많아져 사회 전체적으로는 노동력이나 군사력이 증가되는 효과를 얻게 되니까요. 이런 맥락에서 옛날부터 일부다처제가 존재했고 조선 시대까지 꾸준히 이어져 내려온 것이죠. 다만 조선 시대에 처는 단 한 명만 인정하고, 나머지는 첩으로 그 지위를 낮추었답니다.

일부다처제이든, 첩을 인정하는 제도이든 간에 한 남자가 여러 명의 여자를 아내로 두는 제도는 여성에게 매우 불평등했지요. 집안의 모든 권력이 남성에게 집중된 상황에서 여성끼리 경쟁해야 했으니까요. 그런 까닭에 처와 첩 사이에는 갈등이 끊이질 않았어요. 서로 이득을 얻기 위해 소설 속에 등장한 교씨 못지않은 악행을 저지르는 일도 있었지요.

갈등은 처와 첩 사이에만 있었던 게 아니었어요. 첩에게서 태어난 자식들도 과거에 응시하지 못하는 등 천대를 받으면서 사회 불만 세력이 되어 갔지요.

반면에 사대부 남성들은 잃을 게 없었어요. 손쉽게 성적인 만족감을 얻을 수 있었고 처와 첩이 서로 질투하는 것을 죄악으로 여기도록 해서 여성을 효율적으로 억압할 수 있었죠. 이처럼 처첩 제도는 여러모로 모순을 안고 있었어요.

그렇다면 이처럼 모순적인 제도를 김만중은 어떻게 생각했을까요? 안타깝게도 김만중은 처첩 제도가 지닌 구조적인 문제를 제기하기보다는 악덕을 일삼은 교씨만을 비판하고 말았어요. 교씨처럼 악한 첩만 아니라면 괜찮다는 생각인 것이죠. 소설 마지막을 보면 새로 얻은 첩, 임씨는 교씨와 달리 덕행을 잘 갖춘 여자여서 아들을 낳고 집안이 잘되었다고 나와요. 이것을 보면 김만중은 처첩 제도 자체가 아니라 첩을 얻을 때, 덕을 갖춘 좋은 여인을 얻어야 한다는 메시지를 전하려 했음을 알 수 있어요. 철저히 남성 중심적인 시각에서 처첩 제도의 문제점을 보완하여 이를 유지하려는 보수적인 입장을 지녔던 것이죠. 그나마 다행인 것은 첩이 낳은 자식들이 벼슬에 나아가도록 설정했다는 점이에요.

● 어째서 대를 이어야만 했을까?

처와 첩을 두면서 가장 이득을 본 사람은 남성들이었어요. 그런데 《사씨남정기》에서 첩을 두자고 먼저 제안했던 사람은 사씨였어요. 어째서 사씨는 첩을 두자고 했을까요? 사씨가 자식, 그것도 아들이 없었기 때문이었죠. 아마 사씨가 딸을 먼저 낳았다고 해도 소설의 내용은 크게 달라지지 않았을 거예요. 왜냐하면 사씨가 원했던 것은 딸이 아니라 아들이었기 때문이죠. 사씨가 자식을 원한 이유는 대를 이어야 했기 때문이에요. 따라서 그 자식은 딸이 아니라 아들이어야 했지요.

정말 흥미롭게도 유연수의 자식들은 모두 아들이었어요. 교씨에게서 낳은 두 아이도 아들이었고, 사씨에게서 뒤늦게 얻은 아이도 아들이었죠. 훗날 임씨에게서 낳은 세 아이도 모두 아들이었습니다. 우연이라고 하기에는 작가의 의도가 너무나 분명하게 엿보이는 대목이지요. 아들을 두어서 집안의 대를 잇게 하려는 생각이 작가 김만중에게 있었던 거예요.

그렇다면 어째서 대를 이어야 했을까요? 대를 잇지 않으면 정말로 조상들에게 혼쭐이라도 났던 것일까요?

조선은 사대부의 나라였어요. 불교가 중심이었던 고려가 멸망한 뒤, 유학을 따르던 사대부들이 세운 나라가 조선이었죠. 사대부들이 따랐던 유교는 그 어떤 것보다 윤리를 중요하게 여겼어요. 특히 부모에게 효도하고 나라에 충성하는 것을 으뜸으로 삼았죠. 이를 잘 실천하는 것이 체제를 지키고 질서를 유지하는 것이었어요. 따라서 부모에게 효도하고 나라에 충성하는 집안이 가장 훌륭한 집안이고 사회적으로 영향력도 컸어요. 효를 실천하는 것이 정치적인 정당성을 얻는 길이었고, 나라에 충성을 다했던 인물이 집안에 있어야 권력을 얻는 데에도 유리했죠.

명망 있는 가문이 되면 혼인을 하기에도 좋았어요. 소설 속의 사씨는 비록 가난하기는 했지만 윗사람에게 바른말을 할 줄 알았던 선비의 딸이었어요. 그렇기 때문에 인근에 사씨의 성품이 소문날 수 있었고 명문가의 자제 유연수와 혼인할 수 있었죠. 거꾸로 유연수도 명문가에서 태어났기 때문에 사씨처럼 덕을 갖춘 아내를 얻을 수 있었어요. 명문가로 소문이 나면 현실에서 여러 가지 이득을 얻을 수 있었지요. 따라서 낭시 조선 사회에서는 자기 집안을 명문가로 만들기 위해 부단히 노력할 수밖에 없었습니다.

명문가가 되기 위한 가장 기본은 효를 실천하는 것이었습니다. 살아 계신 부모에게 효를 다하는 것은 기본이고 죽은 조상들을 잘 보살피는 것도 중요한 일이었죠. 다시 말해서 제사를 지내고, 조상의 묘소를 살피는 것도 기본적으로 해야 할 일이었어요.

소설 속 사씨를 한번 떠올려 보세요. 그녀는 교씨의 계략에 빠져 집안에서 쫓겨난 후에도 자기 친정으로 돌아가지 않았어요. 친정으로 돌아가면 다시는 유씨 집안에 돌아올 수 없기 때문이었죠. 그녀는 친정으로 가는 대신 유씨 집안의 조상들이 잠들어 있는 선산 앞에서 초가집을 짓고 살았어요.

그 까닭은 조상을 돌보는 것이 가장 중요한 일이라는 사실을 사씨가 알고 있었기 때문이었어요. 이처럼 당시 조상을 돌보고 제사를 지내는 것은 살아 있는 부모에

게 효도를 하는 것 못지않게 중요한 일이었습니다.

그런데 만약 제사를 지내고 조상들이 묻힌 선산을 지켜 줄 자손이 없다면 어떻게 될까요? 그것은 효를 실천할 수 없으며 가문이 그 영향력을 잃고 사라진다는 것을 의미합니다. 그 책임은 아들을 출산하지 못한 여인에게 지어졌지요. 따라서 아들을 낳지 못한 여자는 가문에 죄를 지었다는 낙인이 찍혀 한평생 멍에를 안고 살아가거나 심지어 집안에서 쫓겨나기까지 했지요. 조선 시대 사대부 여인에게 아들을 낳아야 하는 것은 단순히 자식을 출산하는 일이 아니라 가문을 지키고, 가문에 속한 가족들을 지키는 매우 중요한 일이었답니다.

사씨는 이런 점을 누구보다도 잘 알고 있었어요. 그래서 자기 때문에 유씨 집안의 대가 끊겨서는 안 된다고 생각했고 교씨를 첩으로 들이는 데에 주저함이 없었지요. 교씨에게서라도 자식을 얻어서 대를 잇고 자신의 책임을 다하려 했어요. 이렇게 볼 때 사씨는 전형적인 사대부 여성이라고 할 수 있어요. 지나칠 만큼 효를 중시하는 사회적 분위기를 비판하거나 맞서지 못하고 수용하는 여성이기 때문이지요. 물론 이것은 김만중의 한계이기도 합니다.

김만중은 평생 동안 홀어머니를 극진히 보살폈어요. 그가 개인적으로 효를 실천한 일은 너무나 훌륭하지만, 반드시 대를 이어서 조상들에게 효를 다해야 한다는 사회적 분위기가 자칫 개인의 삶을 억압할 수 있다는 점은 미처 생각하지 못했답니다. 오늘날 대를 이어야 한다는 생각은 조선 시대보다는 많이 줄었지만 아직도 존재하고 있습니다. 그러나 무엇 때문에 대를 이어야 하는지는 돌이켜 생각해 봐야 할 것입니다.

● 여자는 제사를 지낼 수 없었나?

그런데 여기서 한 가지 의문이 남습니다. 어째서 조상에게 제사를 지내는 일을 남자만 했던 것일까요? 대를 잇는다는 것이 제사를 지내고 조상의 묘소를 돌보는 일이라면 꼭 남자일 필요는 없었을 텐데 말이에요. 효를 실천하는 데에 남녀가 구별되는 것도 아닌데, 남자만 제사를 지내고 묘소를 돌본다면 여자는 효를 실천하지 않아도 된다는 뜻일까요?

조선 시대에 제사를 지내는 일은 자손들에게 매우 중요했어요. 따라서 이 일을 떠맡는 사람은 큰 부담을 지닐 수밖에 없지요. 반대로 제사를 떠맡았으니 그만큼 가족 내에서 영향력이 커질 수 있겠지요. 힘든 일을 수행하는 만큼 재산도 더 많이 물려받아야 마땅하고요. 이런 이유로 조선 전기에는 제사를 꼭 특정한 사람만 지내지는 않았어요. 자녀들이 돌아가며 제사를 지냈고 여자도 제사를 지내기도 했어요. 제사를 돌아가며 지냈으니 재산도 골고루 상속

받았지요. 오늘날의 입장에서 보면 조선 전기가 오히려 합리적이죠.

그럼 언제부터 남자만, 그것도 큰아들만 제사를 지내고, 대를 잇는다는 개념이 생겨났을까요? 대체로 이 시점은 조신 중기 이후부터라고 봅니다.

조선 중기라 하면 두 가지 커다란 변화를 떠올려야 합니다. 하나는 성리학이 체계적으로 정리되고 강화되었다는 점이에요.

성리학은 사대부들이 어질고 의로운 정치를 펼치기 위해서 받아들인 학문이었어요. 그리고 성리학은 규칙과 질서를 유지하기 위해 우주 만물의 조화와 화합을 중시했어요. 이에 따라 세상의 모든 것을 음과 양으로 나누어 그 특징을 정했지요. 귀한 것과 천한 것, 높은 것과 낮은 것, 강한 것과 약한 것, 움직이는 것과 정지된 것 등으로 나누었어요. 그러면서 남자와 여자의 역할도 분명하게 나눴지요. 남자는 밖에 위치하고 여자는 안에 위치한다고 보았고, 남자는 높은 위치에, 여자는 낮은 위치에 놓여 있다고 보았어요.

성리학

이러한 성리학적 질서는 조선 중기를 지나며 나라 전반에 뿌리내렸답니다. 그러면서 남녀를 차별하는 사회적 분위기도 자연스럽게 형성되었어요. 여성이 제사에서 빠지고 재산도 상속받지 못하게 된 것은 성리학의 영향이 적지 않답니다.

다음으로 살펴볼 것은 조선 시대에 일어난 두 차례 큰 전란, 곧 임진왜란과 병자호란의 영향을 생각할 수 있어요. 임진왜란은 바다 건너 일본이 쳐들어온 전쟁으로 1592년에 시작되어 1598년까지 이어졌고, 병자호란은 1636년에 청나라가 쳐들어온 전쟁으로, 수많은 조선 백성들이 포로로 잡혀갔지요. 두 차례 전란을 겪으면서 조선 사회는 혼란에 빠졌어요. 나라의 체제가 흔들렸지요. 국가가 백성을 지키지 못했으니 백성들은 지배층을 불신하기 시작했어요. 신분제가 동요됐고 조선 사회를 유지하던 질서와 규칙이 무너져 갔어요.

이렇게 되자 사대부들은 흐트러진 질서를 바로잡고자 했어요. 유학에서 강조하는 인의예지 중에서 예를 가장 강조하는 예학이 발달하기 시작했지요. 예절을 강조하면 자연스럽게 질서가 잡히기 때문이죠. 식사할 때, 옷을 입을 때, 인사할 때, 대화할 때 엄격한 규칙이 있다고 해 보세요. 그렇게 되면 혹시 내가 잘못한 게 있는지 늘 돌아보겠죠. 이 과정에서 성리학은 가족의 질서를 남성 중심으로 다시 만들었답니다.

게다가 전란 때문에 경제적으로 어려워진 가문들은 더 이상 재산을 나눠서 상속하기가 어렵게 되었어요. 재산을 나누다 보면 그 몫이 작아지고 그러다 보면 제사를 지내거나 묘소를 돌볼 형편이 안 되는 경우도 많았죠. 이런 이유로 조상을 돌보고 제사를 지낼 자손을 결정해서 그에게 모든 재산을 상속해 주는 게 낫겠다는 분위기가 만들어졌어요. 가장 먼저 여자가 제외되었고, 아들 중에서도 큰아들이 가문을 대표하여 제사를 지내고 재산을 상속받게 되었지요. 우리가 알고 있는 고전 소설 《흥부전》에서 놀부가 흥부를 집 밖으로 쫓아내면서 아무런 죄의식을 느끼지 않았던 것은 이런 사회적 분위기가 영향을 미쳤을 수 있어요.

그러나 이러한 제도는 현대적인 관점에서 볼 때, 큰아들 이외의 자식에게는 경제적인 곤란을 줄 뿐 아니라 남녀 차별적이라고 할 수 있어요. 아쉽게도 《사씨남정기》는 이런 제도가 지닌 문제점을 비판하거나 제도가 지닌 문제점을 보완하고 있지 않지요. 오히려 김만중은 유연수의 자식들을 모두 아들로 설정하여 아들만이 가문을 빛낼 존재라는 사실을 더 강화하고 있습니다.

고전으로 토론하기

생 각 주 제 열 기

《사씨남정기》는 사씨가 누명을 쓰고 남쪽을 떠도는 이야기입니다. 이렇게 되기까지 대체 남편인 유연수는 무엇을 하고 있었던 것일까요? 한 집안의 가장으로서 무책임하지 않았나요? 《사씨남정기》에서는 전통적인 가부장제를 어떻게 그리고 있을까요? 또 소설 속의 두 여자 사씨와 교씨는 서로 잘 지내는 게 그리 어려웠을까요? 여자의 적은 진짜 여자일까요?

● 《사씨남정기》는 가부장제를 어떻게 그리고 있을까?

선 생 님 《사씨남정기》를 읽어 보니 어땠나요? 여러 가지 생각이 들겠지만 우선 소설 속에 그려진 가부장적인 전통에 대해 자신의 생각을 이야기해 봅시다.

지 수 저는 소설을 읽으면서 가장 답답했던 게 남편 유연수의 태도였어요. 유연수는 어린 나이에 과거에 급제할 정도로 영특했다는데 소설 속에서 하는 일이 너무 없는 것 같아요. 그리고 제가 보기에 유연수는 가족 간의 갈등을 해결할 의지가 없어요. 어쩌면 이 소설은 무능한 가부장을 비판하기 위해서 쓴 게 아닌가 싶답니다.

민 성 저도 유연수에 대한 느낌은 비슷해요. 유연수는 분명히 무능한 가부장이라고 봐요. 가끔 궁궐에 다녀오는 것 빼면 딱히 하는 일도 없고 동청과 교씨의 계략에 빠지는 것을 보면 현명한 사람이라고 보기는 어렵죠. 하지만 그렇다고 해서 이 소설이 가부장을 비판하는 것 같지는 않아요. 만약 그랬다면 결말에서 가부장이 혼쭐이 나야 할 텐데 그런 모습은커녕 오히려 행복하게 살잖아요.

지 수 하지만 소설의 중간 부분에서 교씨와 동청의 계략에 빠져 유배 가는 모습을 보면 가부장에 대한 비판적인 시선이 있는 게 분명해요. 그리고 유연수와 사씨 사이의 관계를 보아도 분명히 가부장을 비판하는 게 맞다고 봐요. 유연수는 아내의 말을 잘 듣지 않는 사람인 듯해요. 동청을 집안에 들일 때를 생각해 보세요. 분명히 사씨는 동청이 수상한 인물이라면서 조심하라고 일렀지만, 유연수는 아내의 말을 무시하고 말지요. 이처럼 그릇된 판단을 하는 유연수를 내세운 것은 가부장을 비판하려는 김만중의 의도가 담겨 있는 거죠.

선 생 님 지수의 말이 일리가 있네요. 혹시 또 가부장을 비판하는 내용이 있을까요?

지수 네. 교씨가 처음 계략을 꾸몄을 때, 유연수는 일을 크게 만들지 않으려고 자세하게 조사하지 않죠. 사씨에 대한 의심만 남겨 둔 채 말이에요. 게다가 옥가락지로 사씨가 다른 남자와 정을 통한다고 의심할 때에도 사씨 이야기는 전혀 들으려 하지 않았어요. 아들 장주가 죽었을 때에도 그 책임을 아무 죄 없는 사씨에게 물었지요. 책을 읽은 사람이라면 무능하고 어리석은 유연수에 대해 모두 비난했을 거예요. 그러니 《사씨남정기》는 가부장을 비판한 소설이라고 할 수 있어요.

민성 저는 생각이 달라요. 물론 유연수가 현명하지 못하고 무능력하다는 데에는 동의해요. 하지만 그렇다고 해서 이 소설이 가부장제를 비판하고 있다고 보지는 않아요. 저는 이 소설에서 백빈주 장면이 가장 상징적인 의미가 있다고 생각했어요. 유연수가 동청의

무리에게 쫓겨 자칫 죽을 뻔한 장면 말이에요. 만약 가부장을 비판했더라면 그를 그곳에서 죽게 했을 수도 있죠. 하지만 사씨가 꿈에 나타난 시부모님의 말을 따라서 유연수를 구해 냈죠.

지수 그러니까 그 내용도 못난 남편을 그리고 있는 거잖아요. 아내의 도움을 받아 겨우 살아난 것을 보면 가부장의 체면이 말이 아니니, 작가가 가부장을 비판한 게 맞아요.

민성 그렇지 않아요. 저는 이 장면이 위기에 처한 가부장을 아내 사씨가 구해 준 것이라고 봤어요. 따라서 이 소설은 위기에 처한 가부장이 다시 가부장으로 우뚝 설 수 있게 도와야 한다는 주장을 담고 있다고 봐요. 사씨의 행동이나 생각을 보면 사씨가 가부장제를 비판하거나 벗어나려는 시도를 한 적이 없어요. 집안에서 쫓겨 났을 때에도 자기 집으로 돌아가지 않고 유씨 집안의 선산 앞에 머물면서 언젠가 되돌아가기를 소망했지요. 만약 이 소설이 가부장제를 비판하는 소설이었다면, 사씨는 유씨 집안으로 돌아가지 않고 홀로 살아가야 마땅했을 거예요. 그게 아니라면 적어도 그릇된 판단을 했던 유연수에게 원망하는 태도를 보였어야 했지요. 하지만 소설 어디에서도 사씨는 남편을 비판하거나 원망하지 않아요. 그래서 저는 이 소설이 위기에 처한 가부장을 옹호하는 소설이라고 생각해요. 남성의 강요나 억압이 아니라 여자 스스로 가부장적인 질서를 유지하게 돕고 있으니까요.

선생님 민성이의 날카로운 의견도 일리가 있는 말이었어요. 어찌

되었든 이 소설에서는 가부장이 무너지면 어떤 결과가 발생할 수 있는지 보여 주고 있어요. 조선 시대 가부장은 집안의 모든 일에 대해 통제권을 지니고 있었어요. 그런 까닭에 가부장이 잘못된 판단을 하게 되면 집안 전체가 위기에 빠졌지요. 이 소설이 가부장을 옹호하든, 비판하든 간에 현재의 관점에서 이런 가부장제를 그대로 유지하는 것은 바람직하다고 할 수 없어요. 가부장제는 가족 일을 모두 책임져야 하는 가장에게도, 가장의 지시와 억압에서 자유롭지 않은 가족들에게도 도움이 되지 않는 제도이니까요.

● 여자의 적은 여자인가?

선생님 자, 이번에는 이 소설에서 주된 갈등을 일으키는 사씨와 교씨의 관계를 이야기해 봅시다. 두 사람은 처와 첩이어서 경쟁하는 사이 같지만 사실 같은 여성으로서 좋은 관계를 맺을 수도 있지 않았을까요?

민성 언젠가 이런 말을 들은 적이 있어요. '여자의 적은 여자'라고요. 그런데 이상했어요. 왜냐하면 이 말의 반대인 '남자의 적은 남자'라는 말을 들어 본 적은 없거든요. 여자들이 남자들보다 경쟁의식이 많은 것도 아닐 텐데 왜 이런 말이 생겼을까요? 어떤 이유인지 모르겠지만, '여자의 적은 여자'라는 생각 때문에 사씨와 교씨는 서로 친해지기 어려웠을 거예요. 사람들의 보편적인 생각이 소설 속에 반영되었다고 생각했지요.

지수 저도 그 말을 가끔 들었는데요. 들을 때마다 기분이 몹시 나빴어요. 어쩐지 여자들 사이에는 언제나 갈등이 존재하는 것처럼 들리기도 하고, 마치 갈등을 불러일으키는 말처럼 들리기도 하거든요. 그런데 그 말은 주로 여자들 사이에 남자가 끼어들었을 때 쓰이는 것 같더라고요. 《사씨남정기》처럼 말이에요. 아마 남자 없이 여자들끼리만 있었다면 이런 말은 만들어지지 않았을 거라고 생각해요.

민성 그럼 남자 때문에 문제가 생겼다는 말인가요? 남자만 없으면 여자들의 문제는 사라질 거라고 생각하는 건가요?

지수 잠깐만 제 이야기를 들어 보세요. 《사씨남정기》를 보면 결국 유연수라는 남자를 두고 여자들이 경쟁하고 있잖아요. 아마 《사씨

남정기》만이 아닐 거예요. 요즘 드라마에도 남자를 두고 여자들끼리 서로 갈등하는 내용이 가끔 나오죠. 그리고 저는 어려서 잘 모르지만 우리나라에는 옛날부터 시어머니와 며느리 사이에 갈등이 있었다고 해요. 두 사람이 왜 갈등할까요? 그 안에 아들이자 남편인 남자가 있기 때문이에요. 한 남자를 두고 두 여자가 갈등한다는 점에서 다르지 않아 보여요.

민성 맞는 말이에요. 엄마를 보면 할머니와 사이가 썩 좋아 보이지는 않았어요. 엄마가 할머니 눈치를 볼 때도 있는 것 같고, 할머니가 엄마 눈치를 볼 때도 있는 것 같았어요. 그런데 그게 아빠 때문이라는 건가요? 아빠는 두 분한테 아무 말도 안 하고 그냥 있을 때가 많은데, 어째서 아빠 때문에 두 사람이 갈등한다는 건가요?

지수 앞에서 우리가 이야기했던 것처럼 조선 시대는 가부장이 집안의 모든 것을 결정했어요. 집안에서 가장 힘이 세고 영향력이 강한 사람이라고 할 수 있죠. 그리고 가부장은 알다시피 남성만이 할 수 있었어요. 따라서 가부장제에 길들여진 여성들은 자신의 영향력을 키우기 위해서 가부장을 자기 사람으로 만들 필요가 있었을 거예요. 이를테면 할머니는 아빠를 차지해서 집안에 영향력을 행사하려 했고, 엄마도 아빠를 시어머니에게 빼앗기지 않으려고 했죠. 그러니까 두 사람 사이가 좋아질 수 없었죠. 《사씨남정기》에서도 교씨가 유연수를 독차지하려고 했던 것은 유연수가 매력적이어서가 아니라 유연수의 '힘'을 차지하기 위해서였어요. 그런 점에서는 사씨도 교씨와 크게 다르지 않을걸요.

민 성 지수 말을 들어 보니 맞는 것 같아요. 하지만 현대 사회에서도 그럴까요? 저희 집 같은 경우에는 아빠가 집안의 모든 일을 결정하지 않아요. 그리고 엄마도 직장을 다니고 있어서 아빠가 경제적인 권리를 전부 가지고 있지도 않거든요. 지수의 말이 조선 시대에는 맞을 수 있지만 현대 사회에서 아빠 때문에 할머니와 엄마가 갈등을 겪는다고 생각하는 건 지나친 게 아닐까요?

지 수 좀 전에 우리가 했던 말을 떠올려 보세요. '여자의 적은 여자다.' 이 말을 우리가 아직도 듣는 이유가 뭘까요? 여자끼리 다퉈야 하는 일이 여전히 있기 때문일 거예요. 최근에 여성들이 사회에 활발하게 진출하고 있지만 경제적인 주도권은 여전히 남자들이 더 많이 갖고 있어요. 드라마나 영화에서 남자들이 한 여자를 두고 경쟁할 때와 여자들이 한 남자를 두고 경쟁할 때를 보면 미묘한 차이가 있어요. 남자들이 한 여자를 두고 경쟁할 때는 주로 여자의 외모를 보고 경쟁하는 것으로 그려져요. 반면에 한 남자를 두고 여자들이 경쟁할 때는 남자의 경제력이나 사회적 능력 등을 두고 경쟁할 때가 많죠.

민 성 그런 경향이 있는 듯하네요. 여전히 남성이 주도적인 사회이기 때문에 남성에게 영향력을 행사하기 위해 서로 다투는 여성의 모습이 자주 비춰지는 것 같아요. 그럼 '여자의 적은 여자다'라는 말이 사라지기 위해서는 어떻게 해야 할까요?

지 수 적어도《사씨남정기》식의 결말은 아니에요.《사씨남정기》의 결말을 보면 나쁜 여자인 교씨는 목숨을 잃고, 그 자리에 임씨라는 선한 여자가 다시 첩으로 들어오지요. 그리고 사씨와 임씨는 마치 자매처럼 지냈다고 했어요. 다시 말해서 욕망으로 가득 찬 교씨는 악하고, 욕망을 절제하고 덕을 갖춘 임씨는 선하게 그려져 있죠. 결국 이 소설은 여성에게 일방적인 절제를 요구하고 있어요. 구조적으로 문제를 해결하지 않고 개인에게 책임을 떠넘기고 있는 것이죠.

민 성 맞아요. 자신의 욕망을 억누르며 살 수는 없어요. 생각해 봤는데 결국 갈등의 원인을 없애는 게 가장 중요하겠어요. 남성이 주도하는 가족의 분위기나 사회의 분위기를 바꿔 나가는 게 답인 듯해요. 그리고 가족 구성원들이 각자 자신의 정당한 권리를 행사한다면 누군가에게 기대기 위해 경쟁할 필요도 없겠지요.

선 생 님 두 사람이 좋은 결론에 이르렀네요. 어쩌면 작가 김만중보다 지수와 민성이의 생각이 훨씬 합리적인 것 같군요. '여자의 적은 여자다.' 이 말은 남성 중심 사회가 만들어 낸 게 아닐까요?

고전과 함께 읽기

여기서는 《사씨남정기》와 관련해 함께 보면 좋은 책과 영화를 소개합니다. 다양한 작품을 통해 이해의 폭을 넓히고 재미를 느껴 보길 바랍니다.

신 화 《변신 이야기》 헤라는 왜 질투의 화신이 되었을까?

한 남자가 여러 아내를 거느리는 일부다처의 풍습은 오랫동안 세계 곳곳에 존재해 왔습니다. 지금도 몇몇 이슬람 국가와 아프리카나 아마존의 밀림에서는 일부다처제를 허용하고 있어요. 그렇다면 가장 오래된 일부다처의 모습은 어디에서 찾아볼 수 있을까요? 바로 그리스 신화에서 그 주인공을 찾을 수 있답니다.

고대 로마의 위대한 시인 오비디우스는 그리스 시대부터 전해 내려오는 250여 편의 신화와 전설을 《변신 이야기》라는 책으로 정리했습니다. 이 중에서 우리가 눈여겨보아야 할 이야기는 신들의 제왕인 제우스와 그의 아내 헤라예요. 제우스가 여러 명의 여자를 거느렸던 존재이기 때문이죠.

▲ 《변신 이야기》

본래 제우스는 티탄이라고 불리는 거인 신족의 우두머리인 크로노스의 자식이었어요. 크로노스는 시간의 신이기도 하지요. 그런데 이 신은 자식에 의해 내쫓길 운명이라는 예언을 듣고는 자식이 태어나자마자 삼켜 버렸어요. 보다 못한 그의 아내 레아가 아이를 숨기고 대신 강보*에 싼 돌덩이를 건네주었죠. 이렇게 해서 아이는 살아남았고 염소의 젖과 야생 꿀을 먹으며 빠르게 성장했습니다. 그가 바로 제우스였죠. 어른이

▲ 돌덩이를 건네는 레아

* **강보** 어린아이의 작은 이불.

된 제우스는 지혜의 여신, 메티스가 준 약을 크로노스에게 먹여 형과 누이들을 토하게 했어요. 그들이 헤스티아, 데메테르, 헤라, 하데스, 포세이돈이었지요. 이들 형제자매는 힘을 합해 아버지를 내쫓고 나머지 티탄들도 지하 깊은 곳에 가두는 데 성공했어요.

티탄들을 물리친 제우스는 신들의 왕이 되었죠. 그리고 함께 티탄들을 물리친 형제들에게도 각각 일이 정해졌어요. 천상은 제우스가 맡고, 데메테르는 대지를, 포세이돈은 바다를, 하데스는 저승을 맡았고, 헤스티아는 난로와 불의 여신으로 가정을 지키는 역할을 맡았죠. 마지막으로 헤라는 제우스와 혼인하여 결혼과 출산을 담당하기에 이릅니다. 티탄들이 사라지고 올림포스 신들의 세상이 열리게 된 것이죠.

제우스는 헤라와 결혼하여 4명의 자녀를 두었어요. 하지만 제우스는 부인 헤라만으로는 만족할 줄을 몰랐어요. 헤라 몰래 다른 여신들을 만나 배다른 자식들을 얻었죠. 지혜의 여신 메티스와의 사이에서 아테나가 태어났고, 티탄의 여신 레토에게서는 아폴론과 아르테미스를, 데메테르에게서는 페르세포네가 태어났어요. 제우스는 여신만 상대한 게 아니었습니다. 세멜레, 알크메네, 다나에, 에우로페, 안티오페 등 인간 여인들로부터도 디오니소스, 헤라클레스, 페르세우스와 같은 자식들을 얻었죠.

이 과정에서 제우스의 아내 헤라는 가만히 있었을까요? 앞에서

▲ 염소가 된 이오

도 말했듯이 헤라는 결혼과 출산을 담당하는 신이었습니다. 올바른 결혼 생활을 지켜 나가는 데에 앞장서야 했죠. 따라서 제우스의 바람기를 두고만 볼 수는 없었어요. 그런데 이상하게도 헤라는 바람을 피운 제우스보다는 상대 여성을 못살게 굴었어요. 여신 레토는 헤라의 눈을 피해 바다에 떠 있는 델로스섬에서 아이를 낳아야 했고, 디오니소스를 가졌던 세멜레는 헤라의 계략으로 번갯불에 타 죽고 말았죠. 이오는 헤라의 저주로 암소로 변했고, 칼리스토는 곰이 되고 말았어요. 결혼을 지키던 여신이 질투의 화신이 된 것이죠. '여자의 적은 여자다'라는 말이 어쩌면 헤라를 두고 한 말이었는지도 모르겠네요.

　그런데 이처럼 헤라가 질투의 화신이 된 것은 고대 그리스가 남성 중심 사회로 변하면서 여성의 이미지를 일부러 왜곡해 그리려는 의도가 반영되었다는 주장도 있습니다. 본래 헤라(Hera)는 그리스어 '영웅(Heros)'의 여성형에 해당한다고 알려져 있어요. 질투의 화신이 아니라 남성에 뒤지지 않는 영웅이었다는 것이죠.

여기서 잠시 제우스와 헤라의 고향 이야기를 들여다볼 필요가 있습니다. 여신 헤라는 제우스를 중심으로 한 올림포스 신화가 만들어지기 전부터 그리스에서 대지의 어머니 신으로 숭배되었다고 해요. 고대의 모계 사회를 대표하는 여신이었지요.

그 뒤 기원전 20세기경 발칸반도* 북쪽에 살던 이방인들이 그리스에 쳐들어와서 본래 살던 원주민들과 섞여 살게 되었는데, 이때 이들이 섬기던 신이 '빛나는 하늘의 신' 제우스였다고 해요. 그러니까 제우스의 고향은 본래 그리스가 아니라 발칸반도 북쪽이었던 것이죠. 이방인과 원주민이 함께 살면서 당연히 그들이 섬기던 신들도 서로 뒤섞였어요.

이러면서 안타까워진 존재가 헤라였어요. 제우스가 신들의 왕으로 올라서면서 헤라는 결혼과 출산만을 떠맡는 신으로 축소되었으니까요. 실제 인류의 역사가 어머니 중심 사회에서 아버지 중심 사회로 넘어가면서 남성은 더 강력하게 묘사되고, 여성은 그를 보조하는 존재로 그려졌답니다.

---

* **발칸반도** 유럽 남부에 위치한 반도로, 오늘날 발칸반도에 속하는 국가로는 그리스·알바니아·불가리아·루마니아 등이 있다. 반도는 삼면이 바다로 둘러싸이고 한 면은 육지에 이어진 땅이다.

여기서 한 가지 더 짚고 넘어가야 할 것은 남성 중심 사회가 형성되면 언제나 여성들이 갈등하고 경쟁하는 모습으로 그려진다는 사실입니다. 우리가 앞에서 살펴본 《사씨남정기》를 보세요. 남성 중심의 사회에서 여성들이 서로 갈등하고 경쟁하는 모습으로 그려졌죠. 그리스 신화도 마찬가지였어요. 제우스라는 남성이 중심이 되다 보니 여성들은 서로 갈등하고 경쟁하는 모습으로 그려졌답니다. 그리고 절제와 인내가 여성의 미덕으로 여겨졌어요. 헤라 여신과 《사씨남정기》의 사씨가 정숙한 여인으로 그려지는 것처럼 말이지요.

하지만 이제 시대가 변하고 사람들의 생각도 바뀌었습니다. 따라서 제우스나 헤라를 바라보는 관점에도 변화가 생겨야 해요. 더 이상 그리스 신화가 남성 중심 사회를 강화하는 신화로 읽혀서는 안 되겠지요?

영화 〈그것만이 내 세상〉 가족은 가장 가까운 타인

《사씨남정기》는 처와 첩의 갈등을 그리고 있는 소설입니다. 그런데 가족 안에서의 갈등은 처와 첩 사이에서만 존재하는 것은 아니에요. 그리고 오늘날에는 처와 첩 사이의 갈등은 처음부터 불가능하지요. 왜냐하면 우리나라는 일부일처제를 법으로 정해 놓았

고, 첩을 인정하지 않기 때문이에요. 가끔 가정에 충실하지 않고 외도를 하는 경우가 사회적 문제를 일으키기도 하지만 그 상대를 가족이라고 하기는 어렵죠.

그렇다면 처첩 간의 갈등처럼 가족 간에 갈등이 일어나는 경우로는 무엇이 있을까요? 가장 쉽게 생각할 수 있는 것으로는 아버지나 어머니가 다른 형제들이에요. 흔히 드라마나 영화에서 자주 등장하는 이야기이죠. 이혼과 재혼이 과거보다 늘어난 현대 사회에서 아버지가 다르거나, 어머니가 다른 형제도 전보다 늘어났을 거예요.

영화 〈그것만이 내 세상〉은 서로 다른 아버지를 두고 있는 형제의 이야기입니다. 형 김조하는 동양 챔피언을 지낼 만큼 권투로 성공했지만, 심판을 폭행한 후로 권투계를 떠나서 생계를 잇기도 어려운 처지가 되었어요. 동생 오진태는 지적 장애를 가지고 있지만, 피아노만큼은 천재적으로 연주하는 능력을 갖춘 서번트 증후군을 겪고 있지요. 두 사람은 따로 떨어져 살았어요. 아버지가 달랐기 때문이었죠.

오래전 김조하의 어머니는 매일같이 반복되는 남편의 모진 폭행으로 집을 뛰쳐나와 죽으려고 했어요. 그런데 지나가던 사람이 그녀를 도와주었고, 결국 새로운 삶을 살아갑니다. 그때 새롭게 태어난 아이가 오진태였죠. 17년의 시간이 흘렀고, 오진태와 어머니는 단둘이 살고 있었습니다.

그러던 어느 날 여기저기 떠돌던 김조하가 친구와 함께 저녁 먹으러 갔던 집에서 우연히 어머니를 마주쳤어요. 그리고 오갈 데 없이 만화방에서 지내던 김조하도 우여곡절 끝에 어머니, 그리고 이부동생 오진태와 함께 살아갑니다.

사실 이 영화에 등장하는 인물들은 모두 선한 심성을 지니고 있어요. 김조하는 아버지가 상습적으로 폭행하고 어머니가 가출하는 등 불우한 유년 시절을 보냈음에도 불구하고, 사회에 불만을 갖거나 범죄를 저지르는 인물이 되지 않았죠. 게다가 자기를 두고 떠난 엄마에 대한 증오심도 뚜렷하게 보이지 않아요. 가족을 버리고 캐나다로 떠날까 잠시 생각하다가도 혼자 남을 동생을 떠올리고 집으로 되돌아오지요.

어머니도 남편이 두려워 두고 온 자식을 잊지 못하며 살아가다가 자식이 곤란을 겪고 있자 자기 집으로 불러 살게 해요. 지적 장애를 가진 동생 오진태는 처음부터 형에게 나쁜 마

음을 먹을 수조차 없는 인물이지요.

어쩌면 이 영화는 핏줄이 다른 형제의 갈등을 다룬다기보다는 다른 핏줄을 가진 형제들도 얼마든지 조화롭게 살아갈 수 있다는 메시지를 주고 있다고 볼 수 있습니다. 우리가 보아 왔던 핏줄 다른 형제들의 이야기는 갈등과 경쟁이 난무하고 서로를 적대시하거나 무시하는 경우가 많았어요. 대체로 부모가 남겨 준 재산을 가지고 다투면서, 서로 좀 더 차지하기 위해 형을 속이고 동생을 함정에 빠뜨리기도 하지요. 왕족인 경우에는 권력을 가지고 다투는 경우도 있습니다. 조선의 세 번째 왕(태종)이 된 이방원은 이복형제들을 무참히 살해하기까지 했으니까요. 사실 《사씨남정기》도 결국은 본처에 대항해서 가족 안의 권력과 재물을 얻어 보려는 첩의 반란이라고 할 수 있죠.

그런데 〈그것만이 내 세상〉에서는 재산과 권력을 가지고 다투는 장면이 거의 보이지 않습니다. 김조하가 돈을 욕심낼 수 있는 상황에서조차 자기 자존심을 세우는 것을 보면 작품 속에서 돈은

갈등의 대상이 되지 못해요. 이런 점에서 이 영화는 다른 핏줄의 형제가 어떻게 지내야만 참된 가족이 될 수 있는지를 제시해 줍니다. 가장 먼저 상대방에 대한 이해가 있어야 해요. 김조하는 오진태가 피아노 치는 모습을 보고 비로소 동생을 이해하지요. 그리고 진태를 도와주기까지 해요. 마찬가지로 오진태도 형이 늘 신념처럼 여기던 권투 선수 무하마드 알리의 '불가능, 그것은 사실이 아니다. 하나의 의견일 뿐이다'라는 말을 인터뷰에서 꺼내며 형에 대해 생각해 왔음을 보여 줍니다.

어쩌면 가족은 그 어떤 집단보다 갈등을 자주 겪을 수 있습니다. 함께 생활하면서 의견이 다르기 때문이에요. 핏줄이 다르면 그것이 이유가 되어 더 날카롭게 대립을 겪기도 하죠. 그러나 공존이 힘든 것은 아니에요. 가족은 가장 가까운 타인입니다. 그러므로 상대를 그 자체로 인정해 주고, 차이를 받아들일 때, 갈등은 줄어들겠지요. 권투를 즐기던 형과 피아노 치는 동생은 서로 어울리지 않는 타인이지만, 서로가 서로를 인정하는 순간 가장 가까운 가족이 된답니다.

물음표로 따라가는 인문고전 19

(사씨남정기) **여자의 적은 여자인가?**

ⓒ 강영준 박미화, 2020

1판 1쇄 인쇄일 2020년 1월 20일 | **1판 1쇄 발행일** 2020년 1월 30일

글 강영준 | 그림 박미화
펴낸이 권준구 | **펴낸곳** (주)지학사
본부장 황홍규 | **편집장** 박미영 | **팀장** 김은영 | **편집** 문지연 김솔지
디자인 디자인앨리스 | **제작** 김현정 이진형 강석준 방연주 | **마케팅** 송성만 손정빈 윤술옥 이예현
등록 2010년 1월 29일(제313-2010-24호) | **주소** 서울시 마포구 신촌로6길 5
전화 02.330.5297 | **팩스** 02.3141.4488 | **이메일** arbolbooks@naver.com
ISBN 979-11-6204-079-9 44810
ISBN 979-11-85786-85-8 44810 (세트)
잘못된 책은 구입하신 곳에서 바꿔 드립니다.

이 도서의 국립중앙도서관 출판예정도서목록(CIP)은 서지정보유통지원시스템 홈페이지(http://seoji.nl.go.kr)와
국가자료종합목록 구축시스템(http://kolis-net.nl.go.kr)에서 이용하실 수 있습니다. (CIP제어번호 : CIP2020001213)

 제조국 대한민국 **사용연령** 10세 이상
KC마크는 이 제품이 공통안전기준에 적합하였음을 의미합니다.

 지학사아르볼 아르볼은 '나무'를 뜻하는 스페인어. 어린이들의 마음에
담긴 씨앗을 알찬 열매로 맺게 하는 나무가 되겠습니다.

홈페이지 www.jihak.co.kr/arb/book | **포스트** post.naver.com/arbolbooks